The Grizzly King

熊王托尔

〔美〕詹姆斯·奥利弗·柯伍德 / 著

张红雪 / 译

图书在版编目（CIP）数据

熊王托尔 /(美) 詹姆斯·奥利弗·柯伍德著 ; 张红雪译. -- 重庆 : 重庆出版社, 2024.8
ISBN 978-7-229-18590-9

Ⅰ.①熊… Ⅱ.①詹…②张… Ⅲ.①儿童小说 - 长篇小说 - 美国 - 现代 Ⅳ.①I712.84

中国国家版本馆CIP数据核字（2024）第076102号

熊王托尔
XIONGWANG TUOER
〔美〕詹姆斯·奥利弗·柯伍德 著　张红雪 译

责任编辑：周北川
责任校对：刘春莉　杨　婧
封面设计：李楚依

重庆出版集团
重庆出版社　出版

重庆市南岸区南滨路 162 号 1 幢　邮政编码：400061　http://www.cqph.com
三河市金泰源印务有限公司
重庆出版集团图书发行有限公司发行
E-MAIL: fxchu@cqph.com　邮购电话：023-61520417
全国新华书店经销

开本：787mm×1092mm　1/16　印张：10.75　字数：120 千字
版次：2024 年 9 月第 1 版　印次：2024 年 9 月第 1 次印刷
ISBN 978-7-229-18590-9
定价：30.00 元

如有印装质量问题，请向本集团图书发行有限公司调换：023-61520417

版权所有　侵权必究

"传世动物文学"书系(100卷本)简介

动物文学资源丰富多彩,被介绍到中国来的外国作品只是其中很小的一部分。到目前为止,图书市场上没有一套成系统、有规模地囊括世界各国动物文学的书系,"传世动物文学"书系就是要把世界各国优秀的动物文学作品,分批次、成系统地介绍给中国的少年儿童读者,让他们对动物文学的多样化有一个全方位、新鲜的了解。本书系计划出版100本。

动物不只是冷漠无情、凶猛好斗,它们也有天真单纯、优雅有趣的一面;我们也能发现它们的灵性与智慧,还可感受到它们友爱的家庭氛围,甚至被它们的自我牺牲精神所震撼。动物的世界是人类世界的缩影,动物的生活和人的现实生活一样,有着悲欢离合的故事,也闪烁着打动人的美德。读每一本书就是在森林里上一堂课,从这些森林课堂里孩子们会懂得许多有关人与自然的道理,明白人和动物不是仇敌,而是平等的灵魂。只有理解、尊重并爱护它们,才不会招致它们的误解,才会得到它们善意的回报。

让我们走向大自然,走进神秘的动物世界,近距离了解与我们同一片蓝天、同一个家园的朋友——动物。

致我的小男子汉

前　言

　　正是怀着忏悔的心情，我创作了第二部大自然小说《熊王托尔》——是一种忏悔，也是一种希望；忏悔的是，经历了多年的狩猎和杀戮后，我才终于认识到荒野赋予的生活体验远比猎杀更令人心潮澎湃——因而我希望我写的东西能让人们体会并理解狩猎的最大快感不是杀戮，而是放生。

　　的确，在荒郊野外的广袤地区，人们为了生存必须杀生；人要吃肉，而肉则意味着生命。但是，因谋食而杀生并不是受杀戮欲望的驱使。我经常想起那一天，在英属哥伦比亚省的某个山区，不到两个小时，我就在一次山体滑坡中杀死了四只灰熊——短短的120分钟内，我毁掉了四只灰熊也许120年的漫长生命呀！我一直记得这件事，绝非是有杀戮的嗜好。当然，那次只是我众多狩猎中的一回，我如今觉得自己就像是一个罪犯，为了追求刺激而杀戮，不就相当于谋杀吗？

　　我的动物故事书恰是我努力在做的一点小小补偿，我真诚地希望这些动物故事不仅浪漫有趣，而且真实可信。如人类生活一样，野外动物的生活也有喜怒哀乐，一应俱全；我的书里有太多有趣、真实的事件和现实的生活特写，因而无须人们发挥任何想象力。

　　在小说《喀山》中，我向读者呈现了我多年来在北方与野生雪橇犬相伴的生活经历。

在小说《熊王托尔》（原书名 The Grizzly King，直译为灰熊王）中，我一丝不苟地坚持记录我所目击的野生动物的真实生活。在加拿大落基山，小熊马斯克瓦整个夏天和秋天都与我待在一起。小灰熊皮波纳斯库斯被埋葬在火盆山，我们在他的头顶上还立了一块石板做碑，就像安葬一个死去的白人那样。我们在阿萨巴斯卡捉到的两只灰熊幼崽都死了，只有灰熊托尔还活着，因为他生活的地方猎人尚未涉足——虽然我们曾有机会杀死他，但最终还是放过了。今年（也就是1916年7月），我准备再去灰熊托尔和马斯克瓦生活的地方。

我想如果能再次见到托尔，我肯定会认出他，因为他早就是一只庞然大物般的成年熊了；而两年的时间也让马斯克瓦从幼崽长为成年。但我相信，如果我们有机会再次见面，马斯克瓦会认出我的。我想他肯定没有忘记我们喂他吃过的糖，没有忘记多少次在夜晚紧紧地依偎在我身边，没有忘记我们分享了树根和浆果后的追逐奔跑，也没有忘记为了自娱自乐，我们经常在营地玩闹打斗。但是，说到底，他也许不会原谅我，因为我们最终还是狠心地离他而去，留他独自寂寞地在群山间徜徉游荡。

詹姆斯·奥利弗·柯伍德

密歇根州　奥沃索

1916年5月5日

译者序

《熊王托尔》是美国作家詹姆斯·奥利弗·柯尔伍德（1878—1927）根据自己在北美地区真实的狩猎经历创作的小说。詹姆斯·奥利弗·柯尔伍德是20世纪20年代最受欢迎的荒野探险作家之一，他的许多作品都以野生动物为主角，充满现实主义基调和浪漫主义色彩；代表作有《河流的尽头》《喀山》《猎狼者》等。《熊王托尔》是其作品中最声名远扬的一部，曾被法国著名导演让-雅克·阿诺制作成电影《熊的故事》，票房上亿美元。

《熊王托尔》是一部描写北美荒原的动物小说，不仅情节惊险刺激、充满悬念，而且蕴含了深刻的哲理思考。这部小说的主角是灰熊托尔，他是一位真正的王者和英雄。作为领地的统治者，他既树立了绝对的权威尊严，又拥有宽阔的胸怀；作为与生存困境斗争的孤胆英雄，他表现出了莫大的智慧与勇气。

在遭遇人类的围追捕杀之下，托尔与马斯克瓦在荒原上漫长的逃亡历程不仅真实地记录了足智多谋的熊王天性中的嗜血好斗，也展现了他本性中的善良宽厚。小熊马斯克瓦坎坷的成长史，则从另一个层面描绘了一大一小素昧平生的两只熊在困境中相互扶持、相互鼓励的朴实情感，蕴含着奉献与感恩的动人主题。除此之外，我

---

① 编者注：作者认为动物也是有感情的，从而在作品中进行拟人化描写，因此书中的动物大都以第三人称代词"他""她"指代。

们还了解到令人生畏的熊类生活温馨可爱的另一面：他们捕食的习惯，他们蹭树皮挠痒，他们泥浆里打滚的天性；他们求偶的仪式；他们发牢骚、耍脾气的怒吼等等。

神秘辽阔的北美荒原，遮天蔽日的茂密森林，崎岖陡峭的峡谷高峰，幽深暗黑的隐秘水塘……人类从未涉足的这片处女地，动物与人类的对峙与搏杀，谁才是真正的赢家？

小说中，猎人兰登和奥托深入到英属哥伦比亚省的荒野区域——熊王托尔的领地去探险，从此，人与熊展开了生死对决。猎人的枪击中了托尔，留下了伤痛与仇恨。在一次次的追逃中，熊的情绪、心理和行为的变化让我们更深层次地探索和理解了动物的喜悦、愤怒和爱与哀愁。事实上，我们会发现人类和动物是多么地相似；在情感层面上，人类和动物完全可以心灵相通。最终，熊王托尔宽恕了被逼进死角的猎人兰登，而兰登也感恩于托尔，放弃了猎杀，并将小熊马斯克瓦放归自然。人与熊的和解让自然回到了原初的宁静与平衡。

通过兰登之口，柯尔伍德讲述了自己怎样由熊类的敌人转变成熊类的朋友，由一个狂热的猎杀者成了动物保护主义运动的最早倡导者。《熊王托尔》一书是柯尔伍德写给他儿子的，让人们知道熊和人一样有个性，有情感，不要沉迷于"杀戮的欲望"中。动物是我们中间的一员，所以，打猎"最激动人心的，不是猎杀，而是放生"。

小说用舒缓优美的文笔描绘出自然风光的或静谧幽静，或雄伟壮观；用生动鲜活的传神笔触刻画了猎杀决斗场面的惊险刺激与血腥暴力。在一张一弛之中，我们开始思考人与自然、人与动物关系的永恒话题。正如作者所说："自然是我的信仰，我的愿望，我的志向；我想达到的最大目的，是让读者随我一起走进大自然的腹地。"

张红雪

目录
CONTENTS

第一章	神秘的气味	001
第二章	陌生的来客	006
第三章	初次邂逅	013
第四章	不懈的追踪	020
第五章	自然的力量	026
第六章	特别的伙伴	035
第七章	老练的猎人	046
第八章	王者的对决	059
第九章	漫长的行程	068
第十章	狼藉的战场	077
第十一章	沿途的风景	081
第十二章	生活的仪式	093
第十三章	血腥的战斗	101

第十四章	迷茫的困境	112
第十五章	甜蜜的诱惑	121
第十六章	绝望的重逢	132
第十七章	意外的宽恕	140
第十八章	感恩的心	146
第十九章	野性的召唤	152
第二十章	四季的轮回	156

第一章　神秘的气味

托尔一声不吭，纹丝不动地站在一块巨大的红色岩石边，他站在那里久久地眺望着自己的领地。和所有的灰熊一样，托尔的眼睛既小眼距又宽，视力很差，根本看不清远处。他只能一眼辨认出距他三分之一或半英里①之外的一只山羊或一只山地野绵羊；若超过那距离，他的面前会是有时一片明亮，有时又是一片漆黑的神秘世界，托尔主要靠声音和气味来辨识和探索这个世界。

此时此刻，正是敏锐的嗅觉让他停止不前，一动不动。山谷的上空飘出一股他以前从未闻到过的气味。这股气味不属于这个地方，这激起了托尔的好奇。他费力地思考着这个问题，但根本没用。那不是驯鹿的气味，因为他杀死过很多驯鹿，很熟悉他们的气味；也不是山羊；不是野绵羊；更不是那群肥胖懒散、爱在岩石上晒太阳的土拨鼠，他早就吃过几百只了。不过，这股奇怪的气味没有激怒托尔，也没有吓唬到他。他虽感到好奇，但并没

---

① 英美制长度单位，1 英里约等于 1.6 千米。

熊王托尔

有走下山谷去查看一番。小心谨慎的个性让他止步了。

如果托尔能清晰地看到一两英里范围内的事物,恐怕就不能轻易地闻到风从山谷中吹来的气味了。他现在正站在一小块平地的边缘,身前二百米处是山谷,身后二百米处是裂崖,他下午刚从那经过。这块平地貌似一个茶杯,置于大山的斜坡上,有六亩地大小。这里绿草丛生,鲜花盛放,有一片片的紫罗兰和勿忘我,还有野生紫菀和风信子。平地的中央有个直径五英尺[①]的泥坑,每次托尔岩石路走多了,脚疼得厉害时,都会来这里歇歇泡泡脚。

在托尔的眼前,落基山自东、西、北三面绵延起伏,巍峨壮丽,在六月午后金色阳光的照耀下,散发出柔和的光芒。山谷上上下下,从山顶的断裂处,到山间的小沟壑,再到积雪覆盖的岩石缝隙中,传出一阵阵柔和的嗡嗡声。那是流水潺潺的声音,时时回荡在空气中。河流、小溪以及山顶积雪融化后喷涌而下的涓流,造就了这源源而来的自然乐章。

除了流水的乐声,空气中还弥漫着甜甜的馨香气。六月和七月——北方山区的春末和夏初交织融汇在了一起。此时,大地一片绿意盎然;早开的花朵,红色、白色和紫色的竞相怒放,把向阳的山坡装扮得五颜六色,万物生灵皆在歌唱——岩石上肥胖的土拨鼠,土丘上自负的小地鼠,花丛间嗡嗡飞舞的大黄蜂,山谷中凶狠的鹰隼,以及山峰上盘旋的老雕。就连托尔也用自己的方式在唱歌,几分钟前,当他踩踏着松软的泥土,一路走来时,他宽阔的胸膛深处就发出了奇怪的隆隆声。这不是抱怨、咆哮或怒吼;这是他心满意足时发出的声音,这是专属于他的独特歌声。

[①] 英美制长度单位,1英尺约等于0.3米。

第一章　神秘的气味

就在这时，某种神秘的因素让这美好的一天陡然发生了变化。托尔一动不动地站在那儿，仔细嗅着风。空气中弥漫着陌生、奇怪的味道，这使他感到困惑不安，却没有惊慌失措。他对气味的觉察力如同孩子的舌头生平头一回尝到辛辣的白兰地酒那样敏锐。随后，如同远处传来的惊雷声，一阵低沉而愠怒的咆哮从他的胸膛里迸发出来。他是这块领域的霸主，他慢慢地意识到，这里不应该有他不熟悉的气味，就算他不是气味方面的专家。

托尔慢慢地挺起身，他三米高的身躯直立起来，像一只训练有素的狗一样，用后腿站立着，他巨大的前肢沾满了泥浆，滴滴答答地落在胸前。十年来，他一直住在这些山上，从未闻到过这种气味。他抗拒这气味，等待弄个明白。这气味离他越来越近，越来越浓。托尔没有躲到一边去，而是干净利落、毫不畏惧地站了起来。

托尔体型魁梧高大。阳光下，六月新换的毛发闪耀出金棕色的光芒。他的前臂几乎和成年男子的身体一样大；爪子像五把锋利的刀，其中最长的三根有五英寸[①]半；他留在泥地上的脚印有十五英寸长。他粗壮肥硕，皮毛光滑，威风凛凛。他的眼睛像山核桃一样小，两眼间距有八英寸。上颚的两颗尖牙，锋利如匕首，有人的拇指一般长，上下颌骨的力度大到足以咬断一头驯鹿的脖子。

托尔的生活一直自由自在，人类对他而言，还是个未知数。他也不以强凌弱，跟大多数灰熊一样，他没有杀戮的兴趣。他只会从一群驯鹿中猎杀一只来吃掉，会吃得舔光最后一根骨头里的

[①] 英美制长度单位，1英寸约等于2.5厘米。

熊王托尔

骨髓也绝不浪费。他是一位爱好和平的国王,他给臣民们立过一条法则:"不要打扰我的生活!"此刻,他蹲坐在地上,嗅着这股奇怪的气味时,这条法则的声音骤然响起在他我行我素的姿态里。

大灰熊凭借其力大无穷的体魄、独来独往的风格和至高无上的地位,如高耸入云的群山一样,在山谷中无可匹敌。他和山脉一起变老,是群山的一部分;他们灰熊一族在大山里生存,在大山里消亡,且在很多方面与大山都很相似。直到今天,托尔想不出曾几何时有谁质疑过他的力量和权威——除了他自己的同类。他与竞争对手曾不止一次地公开殊死搏斗。只要是涉及他自封的领域的主权问题,他做好了随时应战的准备。在他被打败之前,他就是这片领域的统治者、仲裁者和霸主。他占领着富饶的河谷和青翠的山坡,主宰着周围一切生物的命运。他在每一次的搏杀中取胜,坦然地拥有着这些东西,没有采用任何战略对策,也没有背信弃义。他也许会被其他动物憎恨和畏惧,但他自己的内心没有仇恨和恐惧——他是诚实坦然的。因此,他光明正大地等待着陌生的东西从山谷深处来到他面前。

托尔蹲在那,用他敏锐的棕色鼻子使劲地探究着这气味,意识仿佛飘回到了遥远模糊的往昔。他以前从未闻到过这么污浊的气味,但现在他闻到了,又似乎并不觉得那么陌生。他辨识不明,也道不清。然而他知道这是一种威胁和恐吓。

整整十分钟,他像座石雕一样静静地蹲伏着。不一会儿,风向改变,气味也越来越淡,直到完全消散在空中。

托尔微微竖起扁平的耳朵,慢慢地转过大脑袋,看着眼前绿油油的山坡和小小的平原。他很快就忘记了那股气味,因为空气又恢复了往常的清新甜美。他四肢着地,重新开始捕捉地鼠。

这类捕猎有点滑稽可笑。托尔重达上千磅[①],可地鼠是才长六英寸、重六盎司[②]的小不点。然而,托尔会精力十足地挖一个小时,最后像吃药丸一样开心地吞下那只肥胖的小地鼠。小地鼠很对他的胃口,春夏时节,他会花三分之一的时间来寻找这份美味小吃。

这会儿,托尔在山坡的坡顶上,发现了一个位置不错的地鼠洞,便开始像一只大狗追逐老鼠一样欢快地刨土挖洞。在接下来的半个小时里,他时不时地会抬起头来环顾一下四周,但不再被刚才随风飘来的奇怪气味搅得心神不宁了。

---

① 英美制质量单位,1磅约为0.45千克。
② 英美制质量单位,1盎司约等于28克。

第二章　陌生的来客

在距离山谷一英里的地方，吉姆·兰登勒马驻足，屏息注视着前方。从他停住的地方到谷口，云杉和香脂树逐渐变得稀薄了。一会儿，他高兴地深呼了一口气，蜷起右腿，把膝盖舒服地靠在马鞍上，静静地等待着。

布鲁斯·奥托在他身后两三百码①处的树林里仍不见踪影。此刻，他正与母马迪什潘较劲，迪什潘驮着行李，一路闹腾不听使唤。兰登听着奥托的吼叫声，高兴地咧嘴直笑。奥托用他所知道的各种酷刑和惩罚来训斥迪什潘。从残忍的瞬间掏空内脏，到稍微仁慈点的用棍棒敲掉她的脑袋。奥托总是用这些可怕的描述吓唬这匹狡猾又无知的驮马，这也是兰登行程里的主要乐趣之一。他知道，如果迪什潘真要驮着装满钻石的背包翻筋斗的话，大块头、心地善良的布鲁斯·奥托除了用他的怒吼来威胁之外也无能为力。

---

① 英美制长度单位，1码约等于0.9米。

第二章　陌生的来客

六匹马驮着装备，陆续一一走出了树林，最后一匹马上坐着的是当地的山里人布鲁斯。他弓着身子坐在马鞍上就像一节松垮的弹簧正上下震动着。这种骑马的姿势源于多年的山野生活，还因为这头印第安矮种马实在很难让他高达六英尺两英寸的身躯优雅、舒适地伸展开来。布鲁斯一出现，兰登就下了马，再次把目光投向山谷。金黄色的胡须下深褐色的脸掩盖不了在山中暴晒数周后的变化；他把衬衫从颈部拉开，露出了风吹日晒后黝黑的脖子；一双锐利、探究的蓝灰色眼睛带着猎人和冒险家的喜悦和专注，打量着他面前的这个国度。

兰登今年三十五岁。他生命的一部分时光是在荒野中度过的；另一部分则花在写作上，写他在荒野中的所见所闻。他的同伴布鲁斯年纪比他小五岁，身高却长他六英寸，这高出的部分本应该是种优势，布鲁斯却不以为然。"奇怪，我难道还没停止发育吗？"他常常念叨着。

布鲁斯骑马上前，到了兰登跟前，便翻身下马。

兰登指了指前方。"你见过比这更好的地方吗？"他问道。

"好地方。"布鲁斯赞同道，"吉姆，这也是个宿营的好地方。这里应该有驯鹿、熊。我们需要一些新鲜肉补给。给我根火柴，好吗？"

他俩养成了一种习惯，尽可能地用一根火柴点燃两个烟斗。现在他们一边观察着四周的情况，一边就举行了这个点烟仪式。当兰登喷出第一口浓烟时，他朝着他们刚走出来的树林方向点了点头。

"这是个搭帐篷的好地方。"他说，"这里有干柴、流水，还

有上等的香脂木,这种香脂木是我们一周以来碰到的最好的制作床板的材料。我们可以把马拴在刚才路过的那片空地上,那儿开阔,还有许多野生的水牛草和猫尾草。"

兰登看了看手表。

"现在才三点,还可以继续往前走。不过——你看呢?我们在这待个一两天,看看这地方怎么样?"

"我看也行。"布鲁斯说。

布鲁斯边说边坐了下来,背靠在一块岩石上,膝盖上放着一个黄铜的长筒望远镜。兰登从他的马鞍上也取出一个从巴黎进口的双筒望远镜。这架望远镜是南北战争时的纪念物。他俩背靠岩石肩并肩地坐着,一起勘察着眼前绵延起伏的山坡和郁郁葱葱的山峦。

他们如今置身于一个狩猎大国,兰登称之为"未知国度"。据他和布鲁斯·奥托所知,在他们之前,没有其他白人曾抵达过这里。这是一个被众多山脉包围的封闭之地,他们花了二十天,辛苦跋涉了一百英里才来到此地。

当天下午,兰登和奥托就跑去翻越了大分水岭的顶峰,大分水岭将天空分隔成南北两部分。此刻,透过望远镜,他们第一眼就看到了火盆山上的绿色山坡和壮丽山峰。向北望去——他们一直是向北行进的——那是斯基纳河;西部和南部是巴宾山脉和水道;向东,越过分水岭,是德里伏特伍德河,再往东是奥米尼卡山脉和芬利河的支流。兰登和奥托是在五月十日离开文明的人类生活区域后开始荒野世界的探险的,而现在已是六月三十号了。

兰登在望远镜里仔细观察着,感觉终于到了梦寐以求的地方,

第二章　陌生的来客

这是他们花了近两个月跋山涉水才来到的无人之境。这里没有猎人，也没有探矿者。面前的山谷充满了金色的希望，兰登的内心也极度喜悦和满足，因为他将是第一个到这片区域来探索奥秘和欣赏奇观的人，这种心情只有他自己才能充分体会吧。而在奥托眼里，所有的山脉和山谷都大同小异，他出生在山里，成长在山里，也会长眠在山里。两人既是朋友，又是搭档，曾五次一起去过北部山区探险。

布鲁斯突然用胳膊肘猛推了兰登一下。

"我看到三只驯鹿在一点五英里外的山谷里，它们正穿过一片洼地。"他说，眼睛没有离开望远镜。

"我看到一只母山羊带着她的小羊在右边第一座山的黑色页岩上。"兰登说道，"还有，天啊，有一只公山羊在离页岩一千英尺的峭壁上，正往下盯着母羊看呢！他的胡子有一英尺长。布鲁斯，我敢打赌，我们闯进了一个真正的伊甸园！"

"是啊，"布鲁斯边回话，边盘起他的长腿，以便更好地稳住他的望远镜。"如果这里没有羊和熊，这就是我这辈子做的最糟糕的一次预测。"

他们看了五分钟，一句话也没说。在两人身后，马儿们在茂密的草地上吃得正欢。山间的流水声嗡嗡地在耳边萦绕，山谷似乎沉睡在午后的大好阳光里。兰登想不出比这更贴切的比喻了——沉睡。山谷此时就像一只舒服惬意、快乐自在的大猫，处于昏昏欲睡中。他们听到的各种声音，夹杂着悦耳的嗡嗡流水声，就像是它的呼噜声。兰登把望远镜对准那只警惕地站在峭壁上的山羊，开始仔细观察时，奥托又开口了。

The Grizzly King
熊 王 托 尔

"我看见一头灰熊,大得像栋房子!"他平静地说。

除了那头驮马让他失态,布鲁斯一向从容镇定。类似这种激动人心的消息,他总是以漫不经心的口吻说出来,好像在说他看到了一束紫罗兰那样平淡无奇。

兰登猛地直起了身子。"在哪儿?"他问道。

兰登俯下身去看对方望远镜里的情景,每根神经都激动地猛然颤抖起来。

"看到第二个路肩的斜坡了吗?就在峡谷那儿。"布鲁斯说,一只眼睛闭着,另一只眼睛仍然贴在望远镜上,"它在半山腰那儿挖地鼠呢!"

兰登把镜头对准了斜坡,片刻后,他激动地喘了一口气。

"看见他了吗?"布鲁斯问。

"望远镜把他拉到了离我鼻子不到四英尺的地方。"兰登回答说。

"布鲁斯,那肯定是落基山最大的灰熊!"

"如果他不是,那他一定还有个双胞胎兄弟。"奥托咯咯笑了起来,一动不动地坐着继续说,"他比你上次捉到的八英尺高的熊,还要高十二英寸,吉米(吉姆的昵称)!而且——"他激动地停了一会,从口袋里掏出了一块黑面包,狠狠咬了一口,眼睛却一直盯着望远镜——"而且,风向对我们有利,他正忙得团团转呢!"他接着说道。

奥托松开盘着的双腿,慢慢地站了起来,兰登则快速地一跃而起。在这种情况下,他们之间已形成一种默契,语言亦变得无关紧要。他们把那八匹马牵回到树林边拴好,然后从皮套里取出

第二章 陌生的来客

步枪,两个人都小心翼翼地在枪膛里装了六发子弹。接着,又花了约两分钟的时间,用肉眼研究了一下斜坡及上坡的路径。

"我们可以从谷底爬上峡谷。"兰登建议道。

布鲁斯点点头。

"我估计从峡谷上开枪,射程有三百码远。"他说,"这是我们最好的选择了。要是我们在灰熊的下方,他就会闻到我们的气味。要是几个小时前的话——"

"那我们就爬过这座山,到上面去攻击他!"兰登笑着说,"布鲁斯,说到爬山,你就是世界上最傻的白痴!你为了从山顶射杀一只山羊,竟然会翻过哈迪斯山或盖基山。难道你没想过,完全不需要费任何力气,在山谷底就可以捉住它吗?我很庆幸现在不是早上,我们可以爬到峡谷上去抓到那只熊!"

"或许吧。"布鲁斯说,然后他们开始行动了。

兰登和布鲁斯直接穿过前面铺满绿草和鲜花的平地——只要在距离灰熊半英里外的地方,灰熊的眼睛就看不见,不存在被他发现的危险。风向这时候已经改变了,几乎向两人迎面直吹而来。他们加快了步伐,小跑了起来,迅速贴近了斜坡,这十五分钟的时间,正好一个巨大的山丘遮住了灰熊,也掩护了他们。又过了十分钟,他们来到了峡谷,小心翼翼地观察着灰熊。这处峡谷矗立在山腰,数百年来受山顶雪水融化后的水流冲刷侵蚀,已变得狭窄陡峭且乱石密布。

灰熊大概在斜坡六百码的地方,离最近的沟壑有三百码。

布鲁斯低声耳语道:"吉米,你上前去捕捉他。"他说,"如果你没打中他或打伤了他,熊只会做一件事,他也许会立定观察你,

也许会往断崖上跑,也许会往山谷下跑——沿着这条路。只有这三种情况,我们不能阻止他往断崖上跑,如果他攻击你,你就像夏天那样把他从沟里赶下来,你可以用枪击倒他。如果你没有抓住他,他最可能往我这边跑,我就在这儿等。祝你好运,吉米!"

说完,布鲁斯走了出去,蹲在一块岩石的后面,仔细观察着灰熊的动静。

兰登开始悄悄地向岩石错落的沟壑爬去。

第三章　初次邂逅

在这个沉静的山谷里，所有的生物中，托尔是最勤劳忙碌的。你可以说，他是一头颇具个性的熊。像某些人一样，他早早地上床睡觉；他十月份就开始昏昏欲睡，十一月份就进入了漫长的冬眠。他一直睡到四月，通常比其他的熊晚一周或十天醒来。他熟睡得很香甜，睁眼后就异常清醒。四、五月份间，他会躺在热乎乎的岩石上，一边晒太阳，一边打着盹。但从六月初到九月中旬，他会闭上眼睛，每隔十二个小时就得美美地睡上四个小时。

当兰登小心翼翼地往深谷爬去时，托尔正忙于捕食。他成功地抓到了一只囊地鼠①，这只肥胖、狡猾的老家伙随着"嘎吱"一声响就被托尔吞了下去。不一会儿，他又用爪子把石头翻过来，尽情地享受石头底下的大餐，一只肥胖的白蛴螬和几只酸蚂蚁。

托尔寻找这些美味佳肴时，总是用右爪翻动岩石碎块。每一百只熊中，有九十九只——可能每两百只熊中就有一百九十九

---

① 一种挖洞啮齿类动物，身体和头部与老鼠相似。

The Grizzly King
熊王托尔

只——是左撇子；但托尔却是个右撇子。这让他在打斗、捉鱼和捕猎时占尽优势。由于灰熊的右臂比左臂长，而且长很多，导致他只要失去了方向感，就会在原地不停地转圈。

此刻，托尔朝溪谷走去，一路上都忙于觅食。他硕大的脑袋紧贴着地面。在极短的距离内，他的眼睛看东西会跟显微镜一样清晰；嗅觉也很敏锐，闭着眼睛都能抓到岩石缝里的大蚂蚁。

他通常会选择扁平的岩石。他巨大的右掌像人手一样灵巧。长长的爪子先举起石头，再放到鼻下嗅个一两回，随后用热乎乎的大舌头舔一舔，最终从容地挪到下一块石头跟前。

托尔非常认真地对待觅食这项工作，就像一头大象在一捆干草中寻找花生粒一样。他在这过程里没有什么乐趣可言。事实上，大自然并没有打算让觅食有任何乐趣。托尔的时间几乎都打发在填饱肚皮上，整个夏天，他的身体系统都在消化，吸收了成千上万只酸蚂蚁、甜蛴螬及各种多汁美味的昆虫，更不用说大量的地鼠和小岩兔。这些看似微不足道的小东西堆积起巨大的脂肪块，托尔需要储存这些脂肪供"吸收性消耗"，以便在漫长的冬眠中维持生命。这就是为什么大自然让他的绿褐色的小眼睛变成了一对显微镜，在几英尺内精准无误，在一千码外却毫无用处。

当托尔正打算再翻开一块石头时，他的动作停顿了一下。整整一分钟，他几乎一动不动地站着。然后他慢慢地转动头，鼻子贴近地面。他隐隐约约地嗅到了一股极其好闻的气味。这气味很淡，他生怕动一下，气味就消失了。于是，他站着不动，直到确保气味还在。接着，他转过巨大的肩膀，沿着斜坡往下走了两码，从右到左慢慢地晃着脑袋，又嗅了嗅。香气越来越浓郁。他从斜

第三章 初次邂逅

坡上再往下走了两码，发现气味在一块岩石下愈发浓烈。那是一块大石头，重约两百磅。托尔用右手把它挪到一边，就像轻松地挪了块鹅卵石。

刹那间，响起一阵抗议般的"吱吱"狂叫声，一只岩兔飞快地冲出来，小小的，带有条纹的样子就像一只花栗鼠。托尔的左手猛地往下一挥，力度足以折断一只驯鹿的脖子。

把托尔吸引过来的不是岩兔的气味，而是岩兔在石头底下储存的东西的气味。这些战利品还在——半品脱①的坚果被小心地堆在一个长满苔藓的小洞里。它们并不是真的坚果，更像是小尺寸的土豆。仅樱桃般大小，形状似土豆。这些东西富含淀粉、糖，吃了很容易发胖。托尔非常喜欢它们，一边尽情享用，一边从胸口发出隆隆的声音以示好奇和满意。吃完后，他继续着他的觅食之旅。

托尔没有听到兰登的声音，当这个猎人越来越靠近断裂的沟壑时，因为是逆风，他也完全没有闻到猎人的气味。他早就忘了一个小时前那股让他心烦意乱、人的难闻的气味了。托尔是个乐天派，脾气很温和，体型胖硕，皮毛光滑；而易怒、暴躁、好斗的熊大都是偏瘦的。经验丰富的猎人一看到他就知道。托尔更像是一头离群的大象。

托尔继续寻找食物，越来越靠近沟壑。就在离沟壑不到一百五十码的地方，一个声音突然响起，唤醒他的警觉。兰登为了方便射击，正在朝沟壑陡峭的那一侧往上爬，他不小心踩松了一块岩石。这块岩石撞下了峡谷，顺带着其他的一些石头也咚咚

---

① 英美制容量单位，英制1品脱约等于0.6升，美制1品脱约等于0.5升。

The Grizzly King
熊王托尔

哐哐地掉了下去,发出了一阵轰响。在深谷谷底六百码远的地方,布鲁斯憋着气,低声咒骂了几句。他看见托尔坐了起来,如果托尔往断裂带方向逃去,隔着这段距离,他就准备自己开枪了。

托尔在原地蹲坐了三十秒钟,然后开始慢慢地、小心翼翼地向峡谷走去。兰登此刻气喘吁吁,一边暗暗咒骂着自己的运气不好,一边使劲地往上爬,离斜坡边缘还有最后十英尺。他听到布鲁斯的喊叫,但听不清他说了些什么。他手脚并用地拼命扒住页岩和岩石的缝隙,尽可能快地爬完最后三四码的距离。

就要爬到峡谷顶部时,兰登歇了一会儿,眼睛向上瞧去。他的心立马跳到了嗓子眼,有十秒钟他吓得根本动弹不得。他的头顶正上方赫然矗立着一个怪物的头和一个巨大的肩膀。托尔正低头在看他,张着大嘴,龇出獠牙,咆哮着。红色的眼睛里燃烧着绿色的愤怒火焰。

托尔就是在那一刻看到了他生平中的第一个人。他巨大的肺里充满了这个人身上热腾腾的气味,他突然转过身去,就像躲避瘟疫似的抗拒这气味。兰登的步枪一半卡在了身子底下,他根本没有机会开枪。看到灰熊转身离去,他立马飞速地爬向这最后的几英尺。页岩和石头被他踩得纷纷滑脱坠落下去。大约六十秒后,他终于爬上了峡谷顶部。

托尔在距他一百码远的地方快速跑动,像滚动的圆球一样向断裂带冲去。从深谷谷底传来了奥托步枪的尖锐射击声。兰登迅速蹲下,左膝抵地,在一百五十码外也开始向托尔射击了。

有时候,一小时,甚至一分钟就会改变人的命运。更何况一只灰熊呢!从深谷的谷底射出了第一枪,在枪响后的十秒钟内,

第三章　初次邂逅

托尔的命运就发生了改变。他闻到了人类的气味，见到了人类的模样。现在，他又用触觉感知到了人类的厉害。

子弹横空飞来，就如同他经常看到的划破黑暗天空的一道闪电；子弹击中了他，又像一把烧红的刀一样刺入他的身体；托尔第一次感受到了强烈的疼痛，第一次听到了步枪射击时奇怪的呼啸声。子弹击中他的前肩时，他已经跑上斜坡了。致命的尖利弹头打在他厚实的皮肤上，撕裂了一个口子。子弹击穿了他的肌肉——但没有伤及骨头。托尔被击中时，他离峡谷有两百码远；当他继续跑到离峡谷三百码远时，子弹发出的刺痛烈焰再次灼伤了他，这次击中的是他的腹部。

两次中弹没有使他庞大的身躯有一丝摇晃，这样的二十枪也不会杀死他。但第二次中弹后，托尔停下奔跑的步伐，转过身去，爆发出一声怒吼，就像一头发疯的公牛一样咆哮了起来——震天动地如炸雷，在山谷四分之一英里外都能听到。

布鲁斯听到了托尔的吼叫，他在七百码外连开了六枪，但没有一枪命中目标。兰登正在重新装弹上膛。十秒钟内，托尔不躲不跑，轻蔑地咆哮着，向看不见的敌人发起了挑战；随后，兰登发出了第七枪，击中了托尔的后背。伤口如火焰灼烧般的强烈疼痛使托尔突然间感到恐惧，他意识到他无法对抗这道奇怪的闪电。于是，他继续向上跑，穿过了断裂带。他又听到了一阵枪声，就像打雷声再度响起。这次他没有被击中，他痛苦地下行进入到另一个山谷。

托尔知道自己受了伤，但他不懂这种枪伤。他往下走，稍稍停了一会儿，前腿下面的地上积了一小摊血。他闻了闻，既诧异

熊王托尔

又好奇。

他晃着身子,向东走去,过了一会儿,他又闻到了空气中人的气味。风把这股难闻的气味再一次地吹到了托尔跟前,尽管他想躺下来舔舐一下伤口,但他还是加快了步伐,匆匆向前走了。因为他懂得了一个永生难忘的教训:人的气味和他的伤痛是紧密联系在一起的。

他到了谷底,隐没在茂密的树林里;随后,他穿过这片树林,来到一条小溪边。托尔沿着这条小溪来来回回走过上百次了。这是一条通往他两边领地的主要路线。

托尔受伤或生病时,以及当他准备冬眠的时候,都会出于本能地选择走这条小路。一个主要原因是他就出生在小溪源头一个坚固的堡垒里。那儿的荆棘丛中有他快乐的童年,到处都是野生醋栗、肥皂浆果①,地面上落了厚厚的一层金尼基尼树叶,那是他的家。他独自生活在这。这是他的领地中不可侵犯的一个地方。他可以容忍其他熊——黑熊和灰熊——进入领地的其他地方,如广阔、温暖的山坡。当然,前提条件是只要他一出现,别的熊立马离开就行了。他们可以在他的领地上觅食,在阳光下的水池里打盹,只要不挑衅他的领主身份,大家就能和平安宁地生活在一起。

除非迫不得已,托尔必须证明自己是这儿的"老大";一般情况下,他不会把其他的熊赶出他的领地。这种事件偶尔发生,随之就会出现一场战斗。每次战斗过后,托尔都会进入这个山谷,来到小溪边,给自己疗伤。

---

① 属木本植物,树体高大,树叶稠密,冠大荫浓。

第三章　初次邂逅

托尔今天走路的速度比平常慢了很多。前肩伤得很重，剧烈的疼痛让他的腿都伸不直，时不时地摔倒在地。好几次，他踏进水里，水漫到肩膀深的地方，肩上的伤口在冷水的浸泡下，渐渐地停止了流血，但疼痛却越来越加剧了。

通常，在这种紧急状况下，托尔最好的朋友就是黏土泥塘。这是他生病或受伤时走这条路的第二个原因。这条小路就通往黏土泥塘。而此刻，黏土泥塘便是治疗他伤痛的良医妙方。

太阳落山时他才走到泥塘。他微微张着嘴，大脑袋耷拉下来。失血过多让他感到很疲倦，肩膀疼得非常厉害，他真想用牙齿撕开伤口，看看正在折磨他的奇怪火焰到底是什么样的！

黏土泥塘直径有二三十英尺，中间部位往下凹陷，形成了一个浅水坑。金黄色的黏土柔软、凉爽，托尔走了进去，直到腋窝都浸到泥水里。他轻轻地翻了个身，把受伤的一侧贴到黏土上，黏土像冰凉的药膏一样涂抹在他的疼痛处，紧紧地堵住了伤口。托尔长长地松了一口气，他在那柔软的黏土泥塘里躺了很久。太阳下山了，夜幕降临，繁星在天空中闪烁。托尔仍然躺在黏土泥塘里，疗治着人类施加给他的第一次伤痛。

第四章　不懈的追踪

晚饭后，兰登和奥托坐在香脂、云杉树林旁一边抽着烟斗，一边闲聊。他们脚边的篝火还在燃烧中。在海拔较高的山区，夜晚已是寒气逼人了。布鲁斯站了起来，往火堆上又扔了一大捆干云杉树枝。然后，他又伸展了一下身体，把头和肩膀舒适地靠在树墩上，第十五次咯咯地笑了起来。

"笑吧，该死的。"兰登咆哮着说，"我告诉你，我打中了他两次，布鲁斯——两次！而且我处在极其不利的方位！"

"特别是大灰熊俯下身子，冲你咧嘴笑的时候，"布鲁斯反驳道，同伴的遭遇让他觉得很幸灾乐祸。"吉米，那么近，你用一块石头就把他给砸死了！"

"我的枪卡在身子底下了。"兰登第二十次解释道。

布鲁斯提醒道："当你猎杀灰熊的时候，那可不是开枪的好时机。"

"沟壑太陡了。我得用双脚和手指攀牢了。要是再陡一点，我都得用牙咬了。"

兰登坐了起来，把烟斗里的烟灰敲掉，重新装上新鲜的烟叶。

"布鲁斯，那是落基山最大的灰熊啊！"

"吉米，他会是你书房里一块精美的地毯——要是你的枪没卡在身子底下的话。"

"我会把他放进我书房里的。"兰登说，"我下定决心了。我们就在这里搭一个营地，直到捉住他。就算花上整整一个夏天的时间，我也要抓到那只灰熊，我宁愿得到他，也不愿要火盆山脉其他的十头熊。他身高九英尺，头有篮筐那么大，肩上的毛发有四英寸长。我不知道怎么就没杀了他呢，太可惜了。他被击中了，他肯定会反抗的。抓到他一定很有趣的。"

"是的，"布鲁斯同意道，"尤其是接下来的这周，如果你又遇到他，他的伤还没痊愈。最好不要再把枪卡在身下了，吉米！"

"你觉得在这儿建个长期的营地怎么样？"

"再好不过了。这儿有很多新鲜的肉、马需要的草地和干净的水。"过了一会儿，布鲁斯又补充道，"他伤得很重。他在山顶上流了好多血。"

在火光中，兰登开始擦他的步枪。

"你觉得他会逃跑吗？离开这个地方？"

布鲁斯发出了反驳的嘟囔声。

"逃跑？离开？如果他是只黑熊，他会的。但他是一只灰熊，是这片土地的头领。他可能会避开这个山谷一段时间，但你可以打赌，他绝不会迁徙一走了之的。你把一头灰熊打得越狠，他就越疯狂，如果你一直不停地打他，他就会一直发狂，直到倒地而

亡。只要你真的想要那只熊，我们一定能抓住他的。"

"我当然想要抓住他。"兰登强调道，"他会打破我的捕熊纪录的，我要是没猜错的话。我想抓到他，非常想要抓到他，布鲁斯。你觉得明天早上我们能去追踪他吗？"

布鲁斯摇了摇头。

"这不是追踪的问题。"他说，"这只是简单的狩猎。一只灰熊被击中后，他会不停地四处走动；但他不会离开自己的领地，也不会出现在开阔的山坡上暴露自己。就像这附近。梅托辛和猎犬们三四天内应该会到这儿了，我们跟那群艾尔谷梗①猎犬一起捕猎，一定会更有趣。"

兰登透过他擦得雪亮的步枪枪管，瞄了一眼篝火堆，又充满疑惑地说："一周以来我一直怀疑梅托辛跟丢了。我们走的都是一些相当崎岖的地方。"

"如果我们在岩石上行走，那个老印第安人会沿着我们的足迹走。"布鲁斯自信地说，"他会在三天内到这里，只要那些猎犬别老犯蠢去追豪猪。等他们来了，"他站起身来，伸展着他瘦削的身子，"我们将度过一生中最开心的时光。据我猜测，这些大山里藏着很多熊，十条猎犬会在一周内把他们捉光。要打赌吗？"

兰登"啪"的一声合上了步枪的枪托。

"我只想要那只熊。"他说，对这个挑战不予理会，"我感觉我们明天就能抓到他。你是个捕熊专家，布鲁斯，我觉得他受的伤太重了，走不了很远的。"

---

① 梗犬中体型最大的一种。起源于19世纪，原产英国，是古老的梗犬和猎水獭犬的后代。

第四章 不懈的追踪

他俩在火堆旁用柔软的香脂树枝做了两张床，兰登效仿他的同伴，把毯子铺在床上。这一天真是累得够呛！兰登伸了伸懒腰，不到五分钟，就睡着了。

黎明时分，布鲁斯从毯子下钻出来时，兰登还在睡觉。年轻的猎人没有叫醒兰登，悄悄穿上靴子，踩着露水湿重的草地，走了四分之一英里的路，去放牧马匹。当他赶着迪什潘和其他的马回来时，兰登已经起床了，正在生火做饭。

这样清新的早晨经常让兰登感叹自己八年来的变化。起初，他的这一决定曾让医生失望，但却让自己神奇地恢复了健康。就在八年前这样的一个六月天，他第一次离开城市，来到了北部山区，当时，他胸部瘦削，肺也不好。"如果你坚持，你可以去，年轻人，"一位医生告诫他，"但这无异于去送死。"如今，他长高了五英寸，像树墩一样结实。清晨的第一缕玫瑰色的阳光爬上了山顶，空气中弥漫着花朵、露水的甜蜜气息和万物生长的味道。兰登深深地呼吸着，肺里充盈着带有补药和香脂树味的氧气。

兰登比他的同伴更能感受到野外生活的欢乐。野外生活让他想大声叫喊、放声歌唱和开心地吹口哨。但今天早上他克制住了自己，狩猎的刺激让他热血沸腾。

奥托给马儿们置备马鞍时，兰登在做薄饼。他如今已经成了一名烘焙专家，擅长制作他称之为"野外面包"的食物，他的烘焙方法具有节省用料和时间的双重功效。

兰登打开一个很重的帆布面粉袋，倒出一些面粉，用两只拳头在面粉上压出一个坑，往面粉坑里加入一品脱水和半杯驯鹿油脂，再加一汤匙发酵粉和一撮盐；然后开始搅拌，搅拌了约五分

钟,再把搅好的面糊摊成一张大面饼;最后,把这面饼放到一个锡箔器皿里。半小时后,羊排炸好了,土豆煮熟了,连薄饼也烤得金灿灿的了。

兰登和奥托走出营地时,太阳正从东边升起来。两人骑马穿过山谷,又下马步行走上斜坡,马儿们一路顺从地跟在他们身后。

事实上,要找到托尔的踪迹并不困难。他当时曾停下来咆哮,试图挑战枪击自己的敌人。在他驻足停留的地方,地上有一大摊的血迹;兰登和奥托从血迹那儿开始,顺着这条深红色的线路,一直走到了山顶。接着,他们又下到另一个山谷,途中三次发现了托尔停留的地方。每次,他们都看到一大摊血,不是渗透到地底下,就是滴溅在岩石上。

他们穿过树林,又到了小溪边。这里有一片坚硬的黑沙滩,沙滩上,托尔的脚印突然显现。他们停了下来,布鲁斯仔细地凝视着脚印,兰登则惊讶地叫了一声,两人一句话也没说,兰登拿出口袋里的卷尺,跪在了一只脚印旁。

"十五点二英寸!"他喘着气说。

"再量另一只。"布鲁斯说。

"十五英寸半!"

布鲁斯抬头看了看峡谷。

"我曾经见过的最大脚印是十四英寸半。"他说,声音里夹着一丝敬畏。"他是在阿萨巴斯卡河上被射杀的,那只熊是英属哥伦比亚有史以来被猎杀的最大的灰熊。吉米,这只熊打败了这个记录!"

他们继续往前走,在托尔清洗伤口的第一个水池边,又测量

第四章　不懈的追踪

了一次。测量结果几乎没有变化。在此之后，他们偶尔才会看到一些血迹。当他们来到黏土泥塘，看到托尔休整的地方时，已经是上午十点钟了。

"他伤得很厉害。"布鲁斯低声说，"几乎整晚都在这儿。"

他们被同样的念头和想法所触动，都抬头看向前方。再往前走半英里，就是一个峡谷，峡谷里一片阴森暗黑，透不出一丝天光。

"他伤得很厉害。"布鲁斯重复道，仍然看着前方，"我们最好把马拴起来，自己走过去。有可能——他在里面。"他们把马拴到了低矮的雪松树上，并卸下了迪什潘身上驮着的行李装备。然后，两人准备好步枪，眼睛和耳朵都格外地警觉起来，小心翼翼地走进了幽静阴森的峡谷。

第五章　自然的力量

　　托尔在黎明时分向峡谷走去。当他从黏土泥塘里爬起身时，他浑身僵硬，但伤口的灼热和疼痛已消失大半。虽然疼痛还在，但不像前一天晚上那么严重了。然而，托尔仍感觉不舒服，这种不舒服不全在受伤的肩膀上，也不在任何一个具体的部位。他病了！假如托尔是个人的话，此刻，他应该躺在床上，舌头下压着温度计，医生在给他量脉搏；但他是头孤独的熊，他只能艰难又缓慢地走上峡谷。一直以来，托尔都是个孜孜不倦的觅食者。但这会儿，他一反常态，不再想到食物。他不觉得饥饿，根本不想吃任何东西。

　　托尔一路上会时不时地走到小溪边，用他灼热的大舌头舔一舔冰凉的溪水；更常常边走，边把半个身子都后转过去，警觉地嗅一嗅风。他知道，那股人的气味，奇怪的雷声和更令人费解的闪电就在他的身后。整个晚上，他都处在警戒的状态中，现在更是小心谨慎了。

第五章 自然的力量

对于身上这种特殊的伤口，托尔不知道做些什么具体的治疗。他不是一个植物学家，会辨识不同的植物，并了解它们的用途。但"自然之神"在创造他时，冥冥之中，就已经赋予了他自我疗伤的本能。就像猫在不舒服时寻找猫薄荷一样，托尔在不舒服的时候也会去寻找某些东西来解救自己。也许不是所有苦味的东西都是用来治疗疟疾的奎宁，但苦味的东西恰好是治疗托尔的良药。当他向峡谷走去，经过低矮的杂树林和茂密的灌木丛时，他一路上鼻子都紧贴着地面，嗅着，寻找着什么。

托尔来到一片绿地，绿地上长满了"金尼克尼克"，这是一种地生植物，有两英寸高，结着豌豆大小的红色浆果。它们此刻还未长熟变红，仍是绿色的；味道苦涩如胆汁，含有一种叫"乌沃西"的具有收敛功效的成分，具有止血效果。托尔吃掉了它们。

随后，他看到了生长在灌木丛里的肥皂浆果，这种浆果看上去很像醋栗，但果实比黑醋栗大多了，这个时节正变成了粉红色。印第安人发烧时会吃这些浆果。托尔在临走前，摘了半品脱的肥皂浆果并吃了下去。它们的味道也很苦。

托尔在树丛中四处嗅了嗅，终于找到了他要找的东西。那是一棵短叶松，在托尔够得着的地方，有新鲜的松树脂正从树干里汩汩渗出。熊很少会碰到从正在流松脂的松树旁经过的情形，对熊来说，松脂是主要的补品。此时，托尔正用舌头舔着这些新鲜的松脂。通过这种方式，他不仅直接吸收了松节油，而且还以一种间接的方式，吸收了一整服由这种特殊元素制成的药物。

当托尔走到峡谷尽头时，他的胃已然成了一个储备相当充足

The Grizzly King
熊王托尔

的"药铺"。他吃了大约半夸脱①的云杉针叶和香脂针叶。正如,狗生病的时候吃草;熊生病的时候,就会吃松针或香脂针叶。此外,熊会在进入巢穴冬眠前的最后时刻,把肚子和肠子里都填满松针或香脂针叶。

太阳还没升起来,托尔就已抵达峡谷的尽头了。他走到一个低矮的洞穴前,站了好一会儿,这个洞穴能一直通到山壁。托尔的记忆可以追溯到多远,这很难说;但在这整个世界上,正如他所知,这个洞穴就是他的家。洞穴不到四英尺高,宽度是高的一倍,但洞穴的深度是洞高的许多倍。洞穴的地面铺着一层柔软的白色沙子。在过去的一些年月,曾有一条小溪从这个洞穴里流出来。当气温降到零下五十度时,洞穴的最里面就为冬眠的熊提供了一处最舒适的卧室。

十年前,托尔的母亲就曾来到这个洞里冬眠,当她第二年春天蹒跚地走出洞穴,看到第一缕阳光时,三只小幼崽摇摇晃晃地跟着她。托尔就是其中之一。那时,他还半闭着眼睛,因为一只灰熊幼崽出生五周后,才能看得见东西;他的身上也没多少毛发,因为一只刚出生的灰熊幼崽就像人类婴儿一样光溜溜的。随后,几乎在同一时间,他的眼睛睁开了,头发也长了出来。自那以后,托尔在这个洞穴的家里已经度过了八个冬天了。

现在,托尔想走进洞穴。他想躺到洞穴的最里面,直到感觉身体恢复了健康为止。他犹豫了两三分钟,渴望地嗅了嗅洞穴的入口处,然后他又闻到了从峡谷下方正迎面吹来的这阵风。直觉

---

① 容量单位,主要在英国、美国及爱尔兰使用。英制1夸脱约等于1.1升。美制1夸脱约等于0.95升。

第五章 自然的力量

告诉他,他应该离开这儿。于是,他果断地继续走了下去。

山洞的西边是一个斜坡,斜坡往上通往一个峡谷,出了峡谷就直接可爬到山顶。托尔爬上了斜坡,当他到达山顶时,太阳已经高高升起来了。他休息了一小会儿,站在山顶上俯视着他的另一半领地。

这个山谷比布鲁斯和兰登几个小时前骑马进入的那个山谷更加美丽壮阔。从山谷的一头到另一头,足有两英里宽,群山连绵起伏,呈现出一幅由金色、绿色和黑色交织而成的巨大画面。从托尔站立的地方望去,山谷就像一个巨大的公园。绿色的山坡几乎一直蔓延到了山顶,从山坡的半山腰开始,绿色中分散地长着一丛丛的云杉和香脂树,仿佛是人手摆放其间的。其中一些树林的面积很小,不比城市公园里的装饰林大;而另一些树林则占地数英亩甚至数十英亩。在山坡边缘的两侧,都长着一行树木,形成了一条细长而完整的流线,像装饰性的流苏一样。在这两条线之间是一片开阔的山谷,上面铺有柔软起伏的草地,草地上点缀着略带紫色的水牛柳和山鼠尾草,还有野生玫瑰和荆棘,以及成片的树林。山谷的谷底流淌着一条小溪。

托尔从他站立的地方往下走了大约四百码,然后沿着绿色的斜坡掉头向北转去。这样,他就能穿行于一片一片的树林里。这些树林像公园一样,距离森林的边缘有一百五十到两百码。这个高度正好位于山谷的草地和山峰的第一块页岩及裸露的岩石之间,托尔以前经常到这儿来捕捉一些小猎物。

和肥壮的美洲旱獭一样,土拨鼠们已经开始在岩石上晒太阳了。他们悠长、轻柔、难以捉摸的呼啸声,与山谷间低沉的水流

The Grizzly King
熊王托尔

声遥相呼应,很是悦耳动听,空气中充满了音乐的节奏。偶尔有一只会发出警告的尖叫声,提醒附近的同伴;当大熊经过后,他又会平躺到岩石上。有那么一阵,土拨鼠们停下了叫声,只有柔和的呜呜声起伏在山谷里。

不过,托尔今天早上没有狩猎的心情。有两次他碰到了豪猪,这是他吃过的最喜爱的食物。但这回,他没有理会他们就直接走过去了;随后,一只昏昏欲睡的驯鹿温暖的气味从灌木丛中散发出来,又强烈又新鲜的气味,但托尔也没有走近灌木丛去看个究竟;后来,他还在一条狭窄黑暗的沟渠里闻到了獾的气味,他同样置之不理。托尔沿着斜坡的坡顶,头也不回地向北走了两个小时,然后穿过树林,来到了小溪边。

粘在托尔伤口上的泥土开始变硬了,他又一次涉水进入一个齐肩深的水池里,在那里站了几分钟。溪水冲走了大部分的黏土。托尔沿着小溪又走了两个小时,频繁地喝着水。终于,药效发挥作用了!在他离开泥坑六小时后,金尼克尼克、肥皂浆果、山松树沥青、云杉和香脂针叶,以及他喝过的水,都在他的胃里混合成了一剂强力药,使他感觉好多了。他第一次转身,朝着他的敌人的方向咆哮了起来。他肩膀上的伤口还未愈合,但他的病已经好了。

药效发挥之后的几分钟里,托尔一动不动地站着,他怒吼了好几次。从他胸口深处发出的隆隆咆哮声如今具有了崭新的含义。从昨天晚上,直到今天,他才弄明白,真正的仇恨是什么。他曾与其他的熊搏斗过,但战斗的怒火不是仇恨。那种怒火来得很快,消失得也很快,且不会留下日益增长的仇恨;以前托尔在养伤的时候,就算是舔舐着自己被带爪子的对手抓伤的地方,他还会时不时地感到很开心。但是，这一次，在他身上发生的事是完全不同的。

难以忘怀的强烈仇恨使托尔对伤害他的东西痛恨不已。他痛恨人的气味；他痛恨那些长相奇怪、面目苍白的家伙，他看到那家伙紧紧地攀在峡谷边缘。他痛恨与他们有关的一切，这是一种天生的仇恨，隐藏在体内，从长期蛰伏中被猛然唤醒。

托尔以前从未见过人或闻到过人的气味，但他现在知道了，人类才是他最致命的敌人，比大山里所有的野兽更可怕。他宁愿与最大的灰熊作战，他宁愿攻击最凶猛的狼群。面对洪水和火灾，他也能勇敢地抗击而毫不退缩。但是，在人类面前，他必须逃跑！他必须躲藏起来！无论在山峰上，还是在平原中，他必须一直都要保持警觉，用眼睛、耳朵和鼻子全方位地保护自己！

为什么托尔能感知到这一点，为什么他一下子就明白，某种生物来到了他的世界，虽然体型瘦小，却比他所知道的任何劲敌都更可怕。这真是个怪事，唯有大自然才能解释吧！托尔的祖先还能模糊地记忆人类早期的时代。人类，首先是使用棍棒，接着，就在火中锤炼出了尖利的长矛；随后，就使用了燧石尖箭；后来，人会布置各种陷阱；最终，还发明了枪。古往今来，人类是唯一的主宰。大自然将此道理刻印在了托尔的祖先心里——也印在了他千千万万的后代心里。

现在，托尔有生以来第一次，体内休眠的某种天性苏醒了，并跃入了警觉状态，他如今明白了，他痛恨人；而且，从今往后，他会憎恨一切带有人的气味的东西。伴随着这种仇恨，托尔也第一次产生了恐惧之心。要不是人类把托尔和他的同类推向死亡的境地，这个世界就不会知道，托尔是多么凶猛的灰熊之王。

托尔依旧沿着小溪，缓慢而笨拙地向前走去，边走边嗅，他走得非常稳健；头和脖子都下弯得很低，巨大的后肢上下起伏移动，这是所有的熊，尤其是灰熊特有的走路方式。他的长爪碰得石头咔哒咔哒地响；他的四肢踩在碎石上，发出嘎吱嘎吱的声音；松软的沙地上留下了他巨大的脚印。

托尔现在正要踏入的这片山谷对他来说有着特殊的意义，他开始四处闲逛，经常会停下来嗅一嗅周遭的空气。虽然托尔不遵行一夫一妻制，但在过去的许多个交配季节里，他都来到两个山脉之间这片美丽的草地和平原上寻找他的"伊斯克娃"。他总是期待她会在七月到来，怀着母性的奇特而原始的渴望，期盼着他或寻找着他。伊斯克娃是一只美丽的灰熊，当交配的日子来临时，她就从西部山脉走来；她又高大又壮实，长着美丽的金棕色皮毛，所以托尔和伊斯克娃生的孩子们是所有的山里长相最好看的小灰熊。每次，母亲都把她未出生的孩子带回遥远的西部山区。后来，小熊出生了，睁开眼睛，在山谷上和西边偏远的山坡上生活和打斗。要是日后，托尔把自己的孩子赶出他的领地，或在打斗中狠揍他们，大自然会好心地让他对这一事实毫不知情。托尔跟大多数脾气暴躁的老单身汉一样，不喜欢小熊崽。不过，他对小熊倒是很宽容，就像一个脾气暴躁的老妇人容忍一个粉嘟嘟的婴儿一样；他也不残忍，他从未杀死过一只幼崽。每当有幼熊胆大地走进他的领地，托尔总是用他那扁平柔软的手掌，严厉地拍拍他们，力道刚好可以把他们扇倒在地，然后像毛茸茸的小圆球一样翻滚几下。

每逢有陌生的母熊带着她的幼崽闯入他的领地，拍打小熊是托尔表示不高兴的唯一方式。在其他方面,他相当仗义。他不会把熊妈妈和她的幼崽赶出他的领地,不管母熊有多么暴躁或讨厌,他都不会和她打斗。甚至有时候,托尔逮到熊妈妈和她的幼崽在吃他捕到的猎物时,他也别无他法,顶多狠狠地拍一下幼崽。托尔用这种突然的拍打方式来表达他的愤怒,这么做当然也是非常有必要的。

这时,托尔走过一堆巨石,他闻到了一股热乎乎的气味。他停了下来,转过头,低声咆哮起来。离他六英尺远的地方,一堆白沙子上正趴着一只小熊。这是一只落单的熊崽,他的身子不停地在扭动和颤抖,就像一只受到惊吓的小狗,不清楚前来的是朋友还是敌人。小熊还不到三个月大,这么小的一只,应该还离不开他的母亲;他有一张棕褐色的脸,小小的,尖尖的;胸口有一处白色的斑点,这意味着他是黑熊家族的一员,而不是灰熊。

幼熊竭尽全力地试图表达出"我迷路了,我走丢了"或"我饿了,我的脚上扎了一根豪猪的刺",但尽管如此,托尔并不理会,他凶狠地大吼了一声,在岩石堆间四处张望,寻找着幼熊的母亲。他到处看不到她,也闻不到她的气味,这两个事实使他有种不祥的感觉,他再次转过头来,看着这只幼崽。

马斯克瓦——印第安人也许会给幼熊起这么个名字——他朝托尔爬了一两英尺。当托尔的目光再次打量他时,他又悄悄向前扭动了半英尺,托尔的胸口在隆隆作响,发出了一声低沉的警告。"别再靠近了,"这警告就是直截了当地宣布,"不然,我就把你打翻在地!"

马斯克瓦明白了。他躺了下来,鼻子、爪子和肚子都紧紧地平贴在沙地上,就像一具死尸。托尔又四处看了看,当他的眼睛再次转回到马斯克瓦身上时,这个幼崽离他已不到三英尺,在沙地上平躺着,一边蠕动着往前悄悄爬,一边轻轻地呜咽着。托尔举起了右掌,离地面有四英寸,"再往前一英寸,我就揍你了!"他咆哮道。

马斯克瓦扭动着小身子,害怕地发抖;他用小小的红舌头舔了舔嘴唇,半是表现惊慌,半是乞求怜悯。尽管托尔抬起了他的巨掌,马斯克瓦还是没有停止蠕动,又靠近了托尔六英寸。

托尔的喉咙里这次发出的不再是低沉的呼呼声,而是一阵高亢的嗷嗷声。他的手掌重重地拍到了沙地上。第三次,他环顾四周,嗅了嗅空气;他又一次地咆哮了起来。任何一个脾气暴躁的老单身汉都会理解这种咆哮。这意味着,"这个孩子的妈到底在哪儿啊!"

然而,接下来,神奇的事发生了。马斯克瓦不知不觉中靠近了托尔受伤的腿。他站了起来,鼻子闻到了伤口散发的血腥气味。他用舌头轻轻地舔了舔伤口。这舌头——就像天鹅绒一样的柔软光滑。这种感觉非常舒服、愉悦。托尔静静地站了好一会儿,在幼崽舔舐伤口时既没动一下也没吭一声。随后,托尔低下头去,嗅了嗅眼前这个友好的小家伙。马斯克瓦就像一只柔软的小毛球,此刻,他哀怨地哼唧着。托尔咆哮了一声,但此时的叫声变得温柔多了。这不再是一种威胁和恐吓了,他的大舌头喷出来的热气一度落在了幼熊的脸上。

"走吧!"他说完,又继续往北走去。

紧跟在他身后的,是那只失去了母亲的棕褐色小家伙。

第六章　特别的伙伴

托尔沿着小溪的方向往前行进，这条小溪是巴宾河的一条支流，几乎径直向斯基纳河奔流而去。当托尔逆流向上而行时，地势变得越来越高，道路也越来越崎岖。从他在分水岭顶峰那儿发现马斯克瓦到现在，他已经走了大约七八英里了。从此刻开始，山坡的地形发生了巨大的变化。一个个黑暗、狭窄的沟壑把山坡分割成了好几段，沟壑里到处都是坑坑洼洼的岩石，有的岩石很巨大，难以攀爬；有的岩石边缘如锯齿般尖锐，还有的岩石陡峭易滑；就连小溪流淌的速度也越来越急促，声音更是嘈杂了，这一切加剧了步行的难度。

托尔现在正走进他占据的另一块领地。如果想要在此躲避的话，这里有一千个藏身之处；偏僻荒凉不说，到处都是纵横交错的裂缝。驻守在此，不难捕杀到沿途经过的大型猎物，而且人肯定很难追踪到此处来。

托尔自离开与马斯克瓦相遇的那个岩石堆后，又缓缓向前走了半个小时,他仿佛已经完全忘记了幼熊正跟随在他身后的事实。不过,他虽然一路没回头,但还是听到了马斯克瓦的动静,闻到了他的气味。

准确地说,马斯克瓦走得很吃力。他肥胖的小身躯和圆圆的小短腿根本无法胜任这种长距离又难走的路线。然而,他虽幼小,却很顽强。在这半小时里,他只呜咽地哀叫了两次——一次是他从岩石上摔倒,一路滚到了小溪边;另一次是他踩到了地上的豪猪长刺,脚掌被狠狠地划了一下。

最终,托尔还是放弃了小溪边这条难走的路,选择进入了一个深谷。他沿着深谷一直走到一个低洼的地方,或者说是一片高原盆地,这是半山腰上的一段长长的斜坡。托尔在斜坡一个长满青草的小山丘的向阳面看到了一块大岩石。于是,他停了下来。或许是小马斯克瓦孩子气的纯真举止打动了他,或许是他那柔软的小红舌头在他内心需要的时刻抚慰了他,还有他追随托尔步伐时的不屈不挠,这种种因素结合在一起,引发了托尔那颗粗野、巨大的心脏的共鸣,所以,托尔在四周到处嗅了一会儿后,就在岩石边躺了下来,摊平了身子。直到此刻,这只筋疲力尽的棕脸小熊才停止步伐,也躺下来休息,他早就累得半死了,躺下还不到三分钟,就完全熟睡过去了。

午后不久,药力就又一次在托尔身上奏效了。他开始感到饥肠辘辘,而且蚂蚁和蚱蜢,甚至地鼠和土拨鼠都不能满足他这一会儿强烈的饥饿感。他或许也猜到小马斯克瓦应该也饿得要命了。这只幼崽自躺下,一次也没有睁开眼睛。当托尔决定继续往前走时,他仍然躺在温暖的阳光下熟睡。

第六章 特别的伙伴

现在大约是下午的三点钟，在北部山谷六月下旬或七月初，这是一个特别寂静无声、万物昏昏欲睡的时刻。一直活泼乱窜的土拨鼠们也叫累了，停了下来，趴在岩石上晒太阳；群峰之上，展翅高飞的雄鹰，看上去只是些若隐若现的小圆点；鹰隼叼着肥硕的猎物，消失在树林里；山羊和绵羊在遥远的地方俯卧着，仿佛躺在天际线附近。就算附近有什么食草动物的话，此时，他们也都吃饱了，正在打着盹。

山地的猎人都知道，这个时段正是熊捕猎的大好时机。尤其是食肉的熊，他们会在绿色的山坡上，以及树林之间的开阔空地搜寻猎物。

这本应该是托尔搜寻猎物的黄金时段。直觉告诉他，当所有其他生物都吃得腹中饱饱、昏昏欲睡的时候，他就可以更加随意自如地行动，不必担心被发现。通常，他会先找到猎物，然后观察它的一举一动。所以，有时候，他甚至能在大白天就可以杀死一只山羊、一只绵羊或一头驯鹿。因为在短距离的奔跑中，他的速度比山羊或绵羊都要快，就算追起驯鹿来，也毫不逊色。但托尔还是选择主要在黄昏或夜晚的时段捕杀猎物。

托尔从岩石旁站了起来，发出了一声响亮的嘶吼，吼声惊醒了马斯克瓦。幼熊站了起来，对着托尔眨巴了几下眼睛，又对着太阳眨眼看了看，他的小身子摇晃了几下，还是躺倒在地了。

托尔看着这个黑褐色的小不点，内心很复杂。在吃了各种草药后，他现在是胃口大开，极其渴望吃新鲜多汁的肉，就像一个饥肠辘辘的人渴望吃一顿丰美的牛排，而不是手指饼干或蛋黄酱沙拉——托尔想吃肉，想吃好多好多的肉；可是，身后跟着那个虚弱不堪又好奇心满满的幼熊，他还怎么去追踪和猎杀一头驯鹿呢？这个问题让他深感头疼。

马斯克瓦似乎看出了托尔的难处，并立刻给出了解决的方案。他跑到托尔的前面，在离他十几码的地方停了下来，又转过头来看了看后方，两只小耳朵向前直直地竖着，脸上露出了"相信我"的神情，就宛如一个小男孩正在向他的父亲表明自己已完全具备了首次出门抓捕兔子的能力。

托尔于是"嗷"的一声大吼，从山坡上猛冲下来，转眼间就奔到了马斯克瓦的跟前，他用右掌快速一挥，那只幼熊立马就滚到了他的身后十几英尺远的地方。托尔用行动直截了当地表明了自己的态度："想要跟我一起去打猎，那就乖乖地跟在我身后吧！"

接下来的时间里，托尔都缓慢而笨拙地往前走着，眼睛、耳朵和鼻孔都保持着高度的警惕，随时准备狩猎。他一直往下走，走到离小溪不到一百码的地方。这次，他不再寻找最好走的小路，而是专挑崎岖不平、断裂坑洼的地方走。他慢慢地，以"之"字形的方式行进，小心翼翼地绕开巨大的岩石，不厌其烦地嗅着他路过的每一处水沟，仔细地查看每一丛灌木和每一棵树上落下的果子。

托尔一会儿上到很高的地方，离光秃秃的页岩很近；一会儿又下到很低的地方，走进小溪的沙砾中。他闻到风中飘来的许多气味，但没有哪一种能持续很久并引起他的兴趣。有一次，在页岩附近，他闻到了山羊的气味；但他从没有在页岩上捕猎过。他也两次闻到了绵羊的味道。走到傍晚时分，他看到一只大公羊正从一百英尺高的峭壁上俯视着他。

第六章 特别的伙伴

托尔低头用鼻子搜索，他闻到了豪猪的气味，当他嗅着前方的空气时，他也常常看到驯鹿的脚印。

山谷里还有其他熊的踪迹。一般情况下，这些熊通常在河床附近活动，它们大多是黑熊或棕熊。然而，托尔这次闻到的居然是另一只灰熊的气味，这让他很不高兴地低声吼叫起来。

自从他们离开那块午休的阳光晒得热腾腾的大岩石后，托尔和马斯克瓦又走了整整两个小时。托尔一度没有明显地关注马斯克瓦的状态。随着白天的时间越来越长，马斯克瓦也越来越饿，越来越虚弱。这只棕脸小熊真的是太坚强了。在崎岖不平的路上，他常常被绊倒和摔跤；碰到高一点的地方，托尔一步就能跨过，他必须得铆足了劲儿才能攀上；托尔有三次涉水穿过小溪，马斯克瓦跟在后面，差点淹死在水里；他这一路上，遍体鳞伤，浑身湿透，脚也疼得厉害——但他还是跟上来了。有时候，他离托尔很近；有时候，又不得不跑着去追赶托尔。太阳落山的时候，托尔终于找到了猎物，而马斯克瓦几乎快半死不活了。

在一片荒凉的草地边，托尔突然把他巨大的身躯紧贴在一块岩石后。从岩石处往下看，可以看到一个小山谷。马斯克瓦不明白托尔的举动，他这时只想低声呜咽，但他很害怕，也不敢哭出声。在他短暂的生命中，如果说需要妈妈的话，他此时此刻比任何时候都需要。他不明白为什么妈妈把他留在岩石堆中，再也没有回来；兰登和布鲁斯不久后发现了这一悲剧的缘由。马斯克瓦不明白妈妈为什么到现在还不来找他。这该是他晚上临睡前的哺乳时间了。因为他还仅仅是只有三个月大的幼崽，按照最权威的母乳喂养知识，他应该再吃一个月的奶。

The Grizzly King
熊王托尔

马斯克瓦就是印第安人梅托辛称之为"非常柔软"的意思。作为一只幼熊,他的出生与其他动物不同。他的母亲,就像寒冷国度里所有的熊妈妈一样,待在巢穴里还没有结束冬眠之前,就把他早早地带到了世上。他是在妈妈熟睡时出生的。在他出生后的一个月或一个半月里,他什么也看不见,身子光溜溜的也没有长毛发。妈妈用奶水喂养他,而她自己却不吃不喝,也不见阳光。这样过了六个星期,六个星期一结束,妈妈就带着他一起走出了巢穴,妈妈去给自己寻找冬眠醒来后的第一口食物。从那以后,又过了大约六个星期,马斯克瓦长到二十磅重了——也就是说,他曾经体重达到过二十磅,可他感觉现在比他有生以来的任何时刻都要饿,饿得都没力气了,可能体重早就不到二十磅了。

托尔脚下三百码处是一片香脂树林,这片茂密的树林,生长在一个小湖边,湖水静悄悄地环绕着树林,直流淌到山谷遥远的另一端。就在这片树林里有一只驯鹿,也有可能是两三只。托尔对此深有把握,就好像他已经看到了他们一样。山羊与驯鹿的气味截然不同,对托尔来说,他们的区别就像白天与黑夜的区别一样明显。其中一个是飘忽不定的,悬在空中,恰似一个女人从你身边路过,她的衣服和头发散发出的微弱而飘忽不定的气息;而另一个则又浓烈又厚重,往地面下沉,就像一瓶香水被打破了挥发出来的气味。

马斯克瓦此时也闻到了这股气味,他悄悄地爬到大灰熊的身后趴了下来。

整整十分钟,托尔都一动不动。眼睛紧盯着山谷和湖边,思考着靠近树林的可行性方案,他的鼻子像指南针的针尖一样精准无误地随风向摆动。托尔静悄悄地趴着，因为此时他几乎正处在警戒线上。换句话说，山谷中突然刮起了一阵风，如果托尔从他目前蹲守的地方再往上移动五十码以上，嗅觉同样敏锐的驯鹿就会从这阵风里也闻到托尔的气味。

马斯克瓦的小耳朵向前竖起，眼里闪着求知的光芒，看来他已明白了托尔的用意。他此刻正在观摩、学习狩猎的第一堂课呢。托尔蹲伏得很低，好像紧贴地面，用腹部在行走似的。他慢慢地、无声无息地从岩石后面走下来往湖边挪近，肩膀前面隆起的肌肉就像狗背上僵硬的脊椎一样高高突起。马斯克瓦紧随其后，他们整整前进了一百码；而且托尔一直是曲线绕行，在这一百码的距离里，他停下来三次，朝着树林的方向嗅了又嗅。现在，他终于满意了，这是最理想的位置。风迎面吹来。看来，一顿大餐很有希望。

托尔开始向前挺近，以潜伏的姿态，缓缓地移动着身子，轻晃着肩膀，每一步迈得都很小，全身肌肉都做好了即刻冲刺的充分准备。两分钟内，他先到达了香脂树林的边缘，在那里他再一次地停了下来。树林边驯鹿发出的噼里啪啦的声音清晰地传来，驯鹿站在高处，但他们并没有任何警觉，正准备到湖边喝水吃草。

托尔又再次移动，在驯鹿发出响声的同时，迅速地奔到了树林边，他站在那儿，身子隐藏在树叶里，观察着眼前的湖面和一小片草地。一头很大的公驯鹿首先从树林里走了出来，他的鹿角才长了一半，上面长满了绒毛。一头两岁的幼鹿紧随其后，他长得圆滚滚的，很是壮实；一身光滑的皮毛在夕阳的照耀下，如棕色丝绒一样闪闪发亮。最初的两分钟内，公驯鹿全身戒备地站着，眼睛、耳朵和鼻孔都在警觉地搜寻着危险的信号；而年幼的小鹿却没有那么猜疑和警觉，在公驯鹿身后啃着青草。然后，这头年纪稍长一点的公驯鹿低下头去，直到长长的鹿角向后搭在了肩膀上，它开始慢慢地向湖边走去，遵循一到傍晚就得饮水的惯例。两岁的幼鹿跟在他身后。就在这时，托尔悄无声息地从他的藏匿之处现身出来。

一瞬间，他似乎就集聚了全力——然后发动了进攻。托尔与驯鹿相隔只有五十英尺。当这群驯鹿听到他的声音时，他就像一个巨大的圆球在滚动中，眨眼就拉短了一半的距离。此时，驯鹿们才像离弦的箭一样飞奔开来试图逃命。

但为时已晚！要想跑过托尔，需要极快的速度，何况他已经势在必得。恰如呼啸而过的疾风一样，托尔从侧面扑向两岁大的驯鹿，又纵身一跃，转到了另一侧。然后没有任何明显地用力——他仍然像一个巨大的圆球——上下蹦跳了一下，这场短暂的速跑比拼就此结束了。

托尔巨大的右臂猛地一伸，抓住了这只两岁驯鹿的肩膀。当他们一起往下倒去时，托尔伸出左掌，像一只巨大的人手一样摁住了驯鹿的口鼻。托尔也顺势倒在了地上，正如他一直计划要倒下的那样。他没有紧紧地去抱驯鹿，以这种方式置他于死地，而是先把自己的一条后腿弯曲起来，然后，伸直他尖如五把刀似的熊爪，掏出了驯鹿的内脏。他不仅把内脏取出，还把他的肋骨像木块一样扭曲、折断。最后，托尔站了起来，环顾四周，一边抖了抖身子，一边发出雷鸣般的吼叫声，这或许是胜利的咆哮，也可能是召唤马斯克瓦赶紧过来，一起共享一顿盛宴。

第六章 特别的伙伴

如果是召唤的话,这个棕褐色的小家伙一秒钟也没耽搁,快速地奔赴到了现场。这是他生平第一次闻到并尝到了如此温热的血肉滋味。这种气味和滋味正好是在他生命中的最佳时刻出现的,就像多年前在托尔生命中出现的那刻一样。并非所有的灰熊都能捕杀到大型猎物。事实上,只有极少数灰熊才行。大多数灰熊以素食为主,辅以较小动物为补充,如地鼠、土拨鼠和豪猪。有时候,运气会使得一些灰熊捕猎到驯鹿、山羊、绵羊、驼鹿甚至麋鹿这些大型猎物,比如托尔。在将来,或许马斯克瓦也会成为像托尔一样的猎手,尽管他是黑熊,不属于厄尔苏斯·霍尔比利斯·奥德家族,即灰熊家族。

托尔和马斯克瓦大快朵颐地吃了一个小时,不是像饥饿的狗那样狼吞虎咽,而是以美食家的方式,缓慢地进食、满足地品尝。马斯克瓦敞开了肚皮吃,他几乎就躺到了托尔巨大的前臂上。一边用他的小牙齿嚼着肉,舔着血,一边像小猫一样满足地哼哼唧唧着。托尔在寻找食物时,一贯把美味放在首位,经常不顾自己的肚子饿得就像一间没有家具的房间一样空荡荡的。此刻,他从驯鹿的肾脏和肠道周围抽出几片薄薄的脂肪,大口咀嚼着这几串有一码长的脂肪块,享受地半闭半睁着眼睛。

最后的一缕阳光从山上慢慢地消逝,黄昏过后,黑暗很快就降临了。他们吃完时天已黑了,小马斯克瓦吃得圆滚滚的,上下一般粗。

托尔是最伟大的自然保护者。只要和他在一起,没有什么好吃的东西会被浪费掉。现在,即便那头老驯鹿故意挑衅地走到他身边,托尔也没有捕杀他的心思了。他已经有食物吃了,他接下来的事情就是把食物储存到安全的地方去。

托尔回到了香脂树林，那只幼崽因为吃得太饱了，没有力气跟在后面一起走了。他现在心满意足，某种直觉告诉他，托尔不会扔掉吃剩的鹿肉一走了之的。十分钟后，托尔的折返证实了他的判断。托尔又回到这头驯鹿跟前，他张开大口咬住了驯鹿的后颈部。然后，他半侧着身子行走，开始把驯鹿尸体拖到树林里，就像一条狗在拖一块重达十磅的熏肉。

这头年幼的公驯鹿大概重四百磅。要是他重达八百磅，甚至一千磅，托尔仍然能拖走他的——当然，如果尸体真那么重，托尔会直接转过身去，用背来驮着他走。

托尔之前就在香脂树林边的地面上发现了一个凹陷的大坑。此刻，他把驯鹿尸体扔进了这个坑里，接着又把干枯的松针、树枝、腐烂的树根和一根圆木扔到坑里，把尸体盖住了。马斯克瓦跟过来在一旁兴致勃勃地看着，在这整个掩埋过程中，托尔都没有直立起来，在树上留下自己的"记号"，作为对其他熊的警告。他只是四处嗅了一圈，然后就离开了树林。

马斯克瓦现在又跟在他的身后，由于刚吃完体重增加了，他走路都变得困难，找不到正确的方向了。繁星点点，渐渐布满了夜空，在星星的闪烁照耀下，托尔径直向通往山顶的斜坡走去。斜坡又崎岖又陡峭，地势越走越高，马斯克瓦还没到过这么高的地方呢。他们又穿过一片雪地，来到一个貌似曾被火山破坏过的地方。这里位于一座大山的深处，托尔带领马斯克瓦来到的是人类尚未涉足的地方。

最后，托尔总算停了下来。他站在一块狭窄的岩脊上，背后

第六章　特别的伙伴

是一堵垂直的石壁。在他脚下乱石林立。眼前的山谷就像是一个漆黑的无底洞。

托尔躺了下来,把头伸到粗壮的双臂之间,这是他自在那个山谷受伤以来,第一次这么放松地躺下。他深深地长叹了口气,小马斯克瓦蹑手蹑脚地爬到他身边,靠得很近,托尔的身体温暖了他;他们吃得饱饱的,一起睡着了,睡得深沉又酣畅。在他们头顶上,星星越来越亮,月亮升起来了,如水的月色把山峰和山谷照得金灿灿的,一片亮堂。

第七章　老练的猎人

就在托尔离开黏土泥塘的当天下午,兰登和布鲁斯也越过山顶,进入了西边的山谷。两点钟左右,布鲁斯转身原路折返,去把那三匹马给牵过来。兰登一人就留在一座高高的山脊上,用望远镜仔细查看周围的地形。当布鲁斯带着打猎的装备回来后,他们又沿着灰熊经过的小溪慢慢地走了两个小时。到了晚上,他们宿营过夜时,此时距离托尔与马斯克瓦相遇的地方仅有两三英里。他们还没有发现河底的沙子里托尔留下的踪迹。不过,布鲁斯很自信,他坚信托尔一定是沿着山坡往顶峰走的。

晚饭后,两人坐下来,一边抽着烟斗,一边闲聊。布鲁斯说:"吉米,要是你离开这个地方,回去后写关于熊的文章,一定不要像大多数写文章的人那样胡编乱造。两年前,我带着一个博物学家在山里转悠了一个月,那个人非常高兴,说要给我寄一大堆关于熊和野生动物的书。他还真的寄来了!我也看了点。刚开始看,我还觉得挺有趣,后来,我就气疯了,一把火把书都烧了。

第七章 老练的猎人

写的全是他想当然的东西！其实，熊是种很精灵古怪的动物。关于他们有很多有趣的事要说，不要写得那么千篇一律，自以为是。真的是这样！"

兰登点点头，表示赞同。

"一个人只有学会追踪、捕杀，多年后，才会发现围捕大型猎物的真正乐趣。"兰登看着火堆，慢慢地说道，"当他真正开始享受捕猎的乐趣时，就会发现，打猎最大的快乐不是杀戮，而是放生。比如，我想要这只灰熊，我特别想要抓到他。在我抓到他之前，我不会离开这座山。但是，另一方面，我们今天本来可以杀死另外两只熊的，但我没有开枪。我在学习享受这个捕猎的过程，布鲁斯，我开始尝到打猎的真正乐趣了。当一个人以正确的方式狩猎时，他就会获得不同于以往的感受。你不必担心。我只会把事实真相写进我的书里的。"

突然，兰登转过身来，看着布鲁斯。

"你在那些书中读到的那些自以为是的东西是什么？"他问道。

布鲁斯若有所思地喷出一大团烟雾。"最让我生气的是，"他说，"那些作家所说的熊会做记号占地盘。天哪，按他们说的，每只熊都会做的事，就是伸直身子，在树上做个记号，表示那个地方就是他的了。直到某天，要是有只更大的熊过来，舔出个新标记，那个地方就又归这头熊了。我记得，还有本书这样写的：一只灰熊在树下滚动着一根圆木，他把圆木滚得竖立了起来。他于是就站在圆木顶上，在树上做了个记号，把他的记号标在另一只灰熊的标记之上。想想看，这不是胡扯嘛！

The Grizzly King
熊王托尔

"其实，没有一只熊会有意识去做记号。我见过灰熊，像猫一样在树上抓挠，咬掉了大片大片的树皮。在夏天，当他们身上发痒，或开始换毛皮时，他们就会站起来在树上磨蹭。他们蹭来蹭去是因为他们身上痒，而不是因为他们要做个记号给其他熊看。北美驯鹿、麋鹿和梅花鹿都会用同样的方法把鹿角上的绒毛蹭下来。

"这些作家认为通过做记号，每一只灰熊都标下了自己的地盘。这些作家没有长期狩猎的经历。从很大程度上说，他们根本不懂！我见过八只成年的灰熊在同一个山坡上觅食！你还记得，两年前，我们在一个不到一英里长的小山谷里抓到了四只灰熊。一般灰熊中间应该有一个头目，就像我们现在正在追的这个家伙。但是，即便他是头目，他的领地也不单单是属于他的。我敢打赌这两个山谷里还有其他二十头熊！两年前，我认识一个博物学家，他居然连灰熊和黑熊的足迹都分不清。还说，他知道棕熊。他要是真知道棕熊是什么的话，那倒是对我大有帮助呢！"

布鲁斯从嘴里掏出烟斗，狠狠地往火里吐了一口唾沫，兰登知道，接下来要上演什么剧情了。布鲁斯，大多时间，沉默不语；一旦情绪激动，话就多了起来，那便是兰登觉得最有意思的时刻。

"棕熊！"他咆哮着，"想想看，吉米——他认为有棕熊这样的动物！我告诉他，没有棕熊，你从书本上得知的棕熊是一种黄棕色的黑熊或灰熊，他还嘲笑我。——我可是生来就在熊堆里长大的！我告诉他熊的颜色时，他还眼睛瞪得溜圆，以为我在骗他呢。后来，我猜，这就是他送我书的原因吧。他想向我证明他是正确的。"

第七章 老练的猎人

"吉米,这个世界上没有任何动物的毛色比熊的颜色更多的啦!我见过像雪一样白的黑熊,我见过几乎像黑熊一样黑的灰熊。我见过棕色的黑熊,我见过棕色的灰熊,我见过棕色和金色的熊,甚至这两种颜色混合起来的黄色的熊。他们的颜色不一样,一是天生的;其次,他们有不同的饮食习惯。

"我敢说,大多数博物学家走出去,认识了一只灰熊,然后他们就以那只灰熊为范例,写出的所有的灰熊全是一个样。这对灰熊是不公平的。真要这样,那就糟透了!没有一本书不是说灰熊是最凶猛的,吃人的怪兽。其实,根本不是——除非你把他逼到死角里。事实上,他像孩子一样好奇心十足,只要你不去打扰他的话,他脾气好得很呢。他们中的大多数都是以素食为生,只有少数除外。我见过灰熊捕食山羊、绵羊和驯鹿,我也见过灰熊和其他动物在同一片山坡上一起吃草,却从来没有靠近去打扰,他们其实没有那么暴力。吉米,你可以写很多他们的趣事,切记不要以偏概全!"

布鲁斯把烟斗里的烟灰抖掉,强调了他说的最后一句话。他重新装满新鲜烟叶时,兰登说道:"布鲁斯,你来判断一下,我们要找的这个大家伙是不是个狩猎好手?"

"说不准,"布鲁斯回答,"光看体型大小,并不能说明问题。我曾经见过一只灰熊,他比狗大不了多少,但他是一个凶猛的肉食动物。每年冬天,在这些山里,都会有数百只动物被猎杀。当春天来临时,熊就会来吃掉他们的尸体;不过,并不是这样就能成为捕捉动物的杀手。有时候,有些灰熊生来就是猎杀动物的好手,有时候,是机缘巧合造就了一个杀手。不过,如果他们有了

The Grizzly King
熊王托尔

第一次杀生，就会继续一直杀生。

"有一次，我在山里看见一只山羊径直地朝着一只灰熊走去。灰熊压根没动，那只山羊吓得一下子就撞上了那大家伙，结果，灰熊就把山羊打死了。将近十多分钟，灰熊都没明白发生了什么事，自己也非常吃惊，他在山羊尸体旁用鼻子嗅了半个小时，才把山羊温热的尸体撕碎了来吃。那是他第一次尝到所谓的'活物'的滋味。我没有杀这只灰熊，我敢肯定，从那天起，他就成了杀手了。"

"我还是认为体型的大小与杀生很有关联。"兰登争辩道，"在我看来，吃肉的熊比吃素的熊更高大、更壮实。"

"这就是你想写的趣事吧。"布鲁斯回答道，带着嘲弄的笑声。"你想过没有？为什么一只熊在九月份只吃浆果、蚂蚁以及蛴螬，而其他食物一概不吃，就能变得那么肥胖，胖得连路几乎都走不动？你只吃野生醋栗，会发胖吗？

"为什么熊在长达四五个月的冬眠时间里，不吃不喝还会长得这么快？

"母熊还在冬眠，也就是睡眠状态，却还能给她的幼崽喂奶，而且一喂就是一个月甚至两个月的时间？要知道，幼崽出生后，她的冬眠时间才过去三分之二呢。

"为什么熊的幼崽没有他们自身大呢？当我告诉那个博物学家，一只灰熊幼崽出生时比一只家猫产的小猫大不了多少时，他一直笑，笑得我都以为他精神分裂了！"

兰登说："他是少数的，不爱学习又自作聪明的家伙，但你不能完全责怪他。四五年前我也不会相信的，布鲁斯。直到我们在阿萨巴斯卡河上挖到那些幼崽，一只重十一盎司，另一只重九盎司。你还记得吗？"

"记得，那时他们才一周大，吉米。他们的母亲当时有八百磅。"

有那么一会儿，他们俩都默默地各自抽着烟，没有再说话。

"真不可思议啊。"兰登接着说，"但事实如此。布鲁斯，这并不是造物主的奇思妙想——这简直就是造物主的深谋远虑啊。要是幼崽不是像家猫产的小猫那么大小的话，那么母熊在她冬眠的那几个星期里，自己不吃不喝，是无法养活他们的。这种自然的安排似乎只有一个缺陷：一只成年的黑熊仅有灰熊的一半大，但出生时，黑熊幼崽比灰熊幼崽大那么多。可是，为什么——"

布鲁斯和气地笑了笑，打断了他的朋友。

"这很好解释，很简单，吉米！"他大声说起来，"你还记得去年我们在山谷里采草莓，然后，又爬到山上扔了两个小时的雪球吗？你爬得越高，就会越冷，对不对？现在是七月一日，但是，你要是爬到山顶上，也会立马冻个半僵！灰熊的巢穴一般在海拔较高的地方，吉米，而黑熊的洞穴则要低一些。所以，灰熊巢穴四周的积雪有四英尺厚时，黑熊还可以在深谷和茂密的树林里觅食。而且，黑熊比灰熊晚一周或两周冬眠，他在春天比灰熊早一周或两周醒来；这么一来，黑熊冬眠时比灰熊储存了更多的脂肪。当黑熊从洞穴里出来的时候，还没那么瘦弱，所以母黑熊有更多的力气来喂养她的幼崽。在我看来，就是这样的原因。"

"你说得太对了。"兰登激动地叫道，"我怎么没想过这些！"

"很多事情，除非自己亲身经历过，否则，你在遇到他们之前会考虑不周。"布鲁斯说,"就像你刚才说的,经历了这些事情,狩猎就成为一项很好的运动。当你懂得打猎并不总是杀戮的时候,有时候,就放动物们一条活路吧。我有一天,在山顶上躺了七个小时,看着一群羊在玩耍,当时,我就觉得这比杀了整群羊更让我开心。"

布鲁斯站起来,伸了个懒腰,这是他每次在晚饭后,要去睡觉之前,即将发表声明的动作。"明天天气真好,"他打着哈欠说,"看,山顶上的雪多白呀。"

"布鲁斯——"

"什么?"

"我们追踪的这只熊有多重?"

"一千二百磅吧,也许更重一点。吉米,我没有像你那样近距离地看过他。如果我当时距离他这么近的话,我们现在已经在弄干他的皮毛了!"

"他正处于壮年吗?"

"八岁到十二岁之间吧,顺便说一句,他爬上了斜坡。如果是老熊的话,可能跑不了那么快。"

"布鲁斯,你碰到过一些相当年老的熊吗?"

"当然,他们中有的老得都需要拐杖了。"布鲁斯说着,脱下了靴子,"我以前抓过一些老的,他们老得都掉牙了。"

"多老?"

"三十或者三十五,也许四十岁吧。晚安,吉米!"

"晚安,布鲁斯!"

他们睡下几小时后,兰登突然被一场倾盆大雨惊醒,他从毯

第七章 老练的猎人

子里钻出头来,朝着布鲁斯大喊了一声。他们今晚没有把帐篷支起来。过了一会儿,他听到布鲁斯在咒骂自己的愚蠢。夜色像洞穴一样漆黑,只有可怕的闪电偶尔划破天空,雷声隆隆在群山间回荡作响。兰登解开湿透的毯子,站了起来。一道耀眼的闪电划过,照亮了布鲁斯,他正坐在毯子上,头发湿哒哒地垂落到他瘦长的脸上,兰登一看到他的窘样,就大笑了起来。

"明天天气真好,"他嘲弄道,故意重复着布鲁斯几个小时前说过的话,"看,山顶上的雪多白啊!"

布鲁斯回了一句什么,却湮没在一阵雷声中。

兰登等到又一道闪电划亮夜空时,立刻潜到一棵浓密的香脂树下,蹲在那躲雨。等了五到十分钟,这时,雨骤然停了下来,就像开始降落时一样突然。这次的雷阵雨来得快,去得也快。滚滚雷声向南边移去,闪电也随之而过。黑暗中,兰登听到布鲁斯在附近摸索。一会儿,火柴点着了,他看见他的同伴正在看手表。

"快三点了。"布鲁斯说,"冲了一次惬意的澡,不是吗?"

"我早就料到了。"兰登漫不经心地回答,"你知道的,布鲁斯,每当山顶上的雪如此洁白时——"

"闭嘴,我们赶紧生个火吧!幸好我们还算聪明,用毯子盖住了食物。你身上淋湿了吗?"

兰登正在拧干他头发上的水,他觉得自己就像一只落汤鸡。

"没事,我躲在茂密的香脂树下,我早有准备。当你提醒我注意山顶上积雪的洁白时,我就知道……"

"别再提雪啦。"布鲁斯吼道,兰登能听到他在云杉下折断了几根满是松脂的干枯树枝。

The Grizzly King
熊王托尔

兰登于是走上前去帮忙，五分钟后，他们生了堆火。火光照亮了两人的脸，他们互望着对方狼狈的面孔，都很开心。布鲁斯在湿透的头发下咧嘴笑了起来。

"雨突然下的时候我睡得很死。"他解释道，"我还以为掉进了湖里。醒来的时候，我还拼命在游泳呢。"

七月初，英属哥伦比亚省的北部山区，凌晨三点的一阵雨还是寒意逼人的。兰登和布鲁斯花了一个多小时，不时给火堆加着燃料，烘干了毯子和衣服。五点钟，他们吃了早饭。六点钟刚过，他们就开始带着两具马鞍和一个行囊，出发前往山谷了。布鲁斯很得意地提醒兰登，他的预报有多准，雷雨过后必定是晴朗的一天。

他们脚下的草地，被露水滋润得青翠欲滴。小溪里的水上涨了不少，山谷中的潺潺流淌声更响亮了。过了一夜，山顶上的积雪融化了一半。兰登觉得，花似乎开放得更大、更鲜艳了。清晨，山谷飘来的空气既甜蜜又清新，山谷里的一切生物都沐浴在温暖的金色阳光中。

兰登和布鲁斯骑在马上，沿着河床往前走去。他们在马鞍上时不时地弯下腰来，仔细观察着途经的每一片沙地，寻找托尔的踪迹。还没走出四分之一英里远，布鲁斯就突然惊呼一声，停了下来。他指着一块圆形沙地，那儿，托尔留下了一个巨大的脚印。兰登翻身下了马，量了量尺寸。

"是他！"他喊道，声音里充满了兴奋。"布鲁斯，我们是不是最好不要骑马了？"

布鲁斯摇了摇头。在发表见解之前，他也从马上跳了下来，

第七章 老练的猎人

用他的长筒望远镜扫视了一下他们面前的这座山脉。兰登也用他的双筒望远镜看了一会儿。不过,他们什么也没看到。

"他肯定还在小溪底部附近,可能在前面三四英里远的地方。"布鲁斯说,"我们再骑行几英里,找一个适合的地方把马拴上。那时,草地和灌木丛应该都干了。"

托尔的行踪其实很容易找到,因为他就在小溪附近活动。距离巨石堆三四百码远,就在灰熊遇上棕脸幼崽的地方,有一小片云杉树林,树林在一片草丛的中间地带。猎人们走到那,卸下马鞍,拴上了马。二十分钟后,兰登和布鲁斯小心翼翼地来到托尔和马斯克瓦走过的沙地。在柔软的沙地上,大雨已冲去了幼崽的小脚印,但沙地被灰熊的脚印走乱的印迹仍在。布鲁斯咧嘴看着兰登,牙齿闪闪发亮。

"看来,他没走多远,"他低声说,"毫无疑问,他在离我们很近的地方过了一夜,他就在我们前面不远的地方。"

布鲁斯弄湿了一根手指,把它举到头顶,试了试风向。接着,他意味深长地点了点头。"我们最好爬到斜坡上去看看。"他说。

于是,他们两人绕过巨石的尽头,拿好了枪,朝着一个小峡谷走去,在那儿很容易就能爬上斜坡。在斜坡旁,两人又停了下来。峡谷的底部覆盖着一层沙子,沙子里有另一只熊的足迹。布鲁斯跪下身来仔细端详。

"这是另外一只灰熊。"兰登说。

"不,这不是灰熊,是黑熊,"布鲁斯说,"吉米,我不是告诉过你,黑熊和灰熊的脚印区别吗?你怎么还记不住!这是黑熊的后足,足跟是圆的。如果是灰熊,他的足跟是尖的;而且,对灰熊来说，这个足印太宽了。根据足印的长度来看，爪子又太长了，所以，这肯定是只黑熊！"

"走吧，"兰登说，"赶紧走吧！"

他们又沿着峡谷走了两百码，发现那只黑熊的足迹往山坡方向延续了。兰登和布鲁斯跟着足迹走了过去。在第一个坡顶，足迹很快就消失在茂密的草丛和坚硬的页岩间了，但他们现在对这些足迹不太感兴趣。他们走在高坡上，坡下的壮丽景色一览无余。

布鲁斯的目光一次也没有离开过溪底。他知道他们会在那儿找到灰熊，现在，除了那只灰熊，他对别的什么都不感兴趣。然而，兰登则正好相反。他对周围的世界，只要是有生命的，可以动起来的一切都深感兴趣；他仔细地观察着每一块岩石和每一丛荆棘。此外，他的眼睛也在搜索高处的山脊和山峰，以及附近的小径。正因为如此，每当他看到什么动静，就会突然拽住同伴的胳膊，把他拉到自己身边。

"快看！"他低声说，伸出一只胳膊指着前方。

布鲁斯跪在地上，凝视着不远处。随后，他惊讶得瞪大了眼睛。在他们上方，不到三十英尺处，有一块大岩石。岩石的形状就像一个装货的箱子。在这块大岩石的另一头，凸起了一只熊的半个脊背。这是一只黑熊，光滑的皮毛在阳光下闪闪发亮。布鲁斯盯着他，整整看了半分钟，然后，他咧嘴一笑。

"他睡着了！睡得很死呢！吉米，你想看点好笑的吗？"

布鲁斯放下枪，拿出长长的猎刀。他一边摸着锋利的刀尖，一边轻轻地笑了起来。

"吉米，你要是从来没见过熊惊慌失措、疯狂逃命的样子，

第七章　老练的猎人

你现在就能一睹为快了！你待在这儿，等着瞧好戏！"

布鲁斯说完，就开始慢慢地、无声无息地爬上斜坡，向岩石走去；而兰登则屏住呼吸，满怀期待地等待着即将发生的事情。布鲁斯回头看了他两次，咧着个嘴在笑。再过一两分钟，无疑会有一只受到惊吓的熊逃难一般向落基山的山顶狂奔而去。兰登的脑海正浮现出这样的一幕场景。这时，就见布鲁斯瘦长的身躯一步一步地向上攀爬，兰登觉得此情此景有点滑稽可笑。布鲁斯终于到达了岩石处，长长的刀锋在阳光下闪闪发亮；接着便见手起刀落，尖刀直直地向前飞插而去，半英寸厚的钢刀就这么插进了熊的屁股里。接下来的三十秒，兰登恐怕永生难忘，那只黑熊浑然不动。布鲁斯又提刀狠戳了它一下，可是，黑熊还是一动不动。在钢刀第二次插进熊的屁股里时，布鲁斯蹲在岩石上也一动不动了，他的嘴张得大大的，愣愣地回头看着兰登。

"你能想到发生什么了吗？"他说着，慢慢地站了起来，"他不是在睡觉——他死了！"

兰登跑到他跟前，他们绕着岩石转了一圈。布鲁斯手里仍然拿着刀，脸上浮现出一丝奇怪的表情，他站了一会儿，没有说话，眉头紧锁着，充满了疑惑。

"我以前从来没见过这样的事。"他一边说，一边慢慢地把刀插进鞘里，"这是一只母熊，从她的样子来看，她有孩子了，孩子应该还很小。"

"她在追捕一只土拨鼠，撞翻了岩石，"兰登补充道，"被砸死了，嗯，对吧，布鲁斯？"

布鲁斯点了点头。

"我以前从未见过这样的奇事,"布鲁斯重复道,"我从来没见过,因为熊一向就在石头堆里搜寻,怎么会被岩石送了命呢?不知道她的幼崽们在哪里?可怜的小家伙!"

布鲁斯跪下身来,检查着死去的母熊的乳头。

"她最多就两个孩子,也许只有一个,"他站起来说道,"大概三个月大。"

"小熊们会挨饿吗?"

"如果只有一只的话,也许不会。这个小家伙有足够的母乳吃,他不需要自己去找食。幼崽很像咱们人类的婴儿,你可以提前给他们断奶,或者也可以只靠吃奶把他们养到半大。这就要看,母熊决定什么时候离开她的孩子,让幼熊独自生活了,"布鲁斯开始说教道,"吉米,等你将来结婚了,千万别让你的妻子这么做,有时候孩子会饿得出事的!"

布鲁斯说完,转过身,往坡顶走去,他的眼睛再次在山谷里搜寻。兰登跟在他身后一步之遥的地方。他还在担心,不知这只可怜的幼熊现在怎么样了。

而此刻,马斯克瓦和托尔正一起躺在岩脊上睡觉,他梦见妈妈被压在岩石下。可怜的小家伙一边做梦,一边轻轻地呜咽着。

第八章　王者的对决

当清晨的第一缕阳光洒在岩脊上时，托尔和马斯克瓦还陷在沉睡中。太阳渐渐地越升越高，岩脊上也越来越暖和。托尔醒来了，他伸了个懒腰，仍然静静地躺着，不想起身。他受了伤，吃了一堆"药"，在山谷里又吃了一顿大餐后，他的身体正逐渐在恢复。现在，他觉得很舒服，并不急着要离开这片洒满金色阳光的栖息地。好长一段时间，他一直好奇地盯着马斯克瓦。这个小家伙在寒冷的夜里，就紧紧地依偎在了托尔温暖的两个大前臂之间。此刻，他仍然躺在那儿，好像还在做梦，轻轻地呜咽着。

托尔静静地打量了他一会儿，接着做了一件他从未做过的事。他轻轻地嗅了嗅怀里像个柔软的小毛球的马斯克瓦。生平第一次，用他那扁平的红色大舌头舔了舔幼崽的脸；而马斯克瓦，也许正梦到了他的妈妈，就依偎得更近了。马斯克瓦就这样奇特地走进了托尔的生活。

不过，大灰熊仍然处于困惑、郁闷中。他一贯不喜欢幼熊，现在他不仅要极力排斥这种莫名其妙的厌恶感,还要改变自己十年来独居生活养成的根深蒂固的习惯。然而,与马斯克瓦待在一起,有了他的陪伴,托尔油然产生了一种全新的快乐和亲切之感。随着人类的到来和侵犯,一种新生的情感进入了他的体内——也许只是一种情感的瞬间迸发。若非有敌人,面对危险,否则哪能感受到友情呀——也许这是托尔第一次面对真正的对手和真正的威胁,从而开始体会到友情的重要性了。此外,托尔的交配期也快到了,马斯克瓦身上还带有他妈妈的母性体味。因此,当马斯克瓦躺在他怀里晒太阳和做梦时,托尔的内心便越来越充实。

托尔低头向山谷望去,夜雨后湿润的山谷在清晨的阳光下闪闪发光。眼前的一切都让托尔心情很愉悦,他嗅了嗅清新的空气。四周弥漫着各种香甜的气味:花草的芳香、香脂树的浓郁,还有来自高山的清泉的清洌甘甜。

托尔开始舔舐自己的伤口,他的动作惊醒了睡梦中的马斯克瓦。小熊抬起头,他对着太阳眨了眨眼,然后用小爪子睡意蒙眬地揉了揉小脸。他站了起来,和所有朝气蓬勃的小孩子一样,尽管前一天经历了许多艰难险阻,他还是满心期待着新的美好一天的到来。

托尔仍然平静地躺在那儿,默默地俯瞰着山谷;马斯克瓦憋不住了,开始研究岩壁上的裂缝,并在岩脊的巨石间调皮地攀爬翻滚。

托尔于是把目光从山谷转向了这只幼熊。他专注地看着马斯克瓦在岩石中的滑稽攀爬和奇怪翻滚。然后,他慢慢爬起来,抖了抖身子。

第八章 王者的对决

至少有五分钟，托尔一动也不动，仿佛一座雕像。他站在那里，俯视着山谷，嗅着风。马斯克瓦竖起他的小耳朵，走了过来，站在他身旁，用他那双锐利的小眼睛看了看托尔，又望了望阳光明媚的四周，接着又转到托尔的身上，似乎想知道接下来他们要做些什么。

大灰熊用行动给出了答案。他转过岩石架，开始往山谷走去。马斯克瓦跟在他身后，就像前一天跟在托尔身后一样。但是，今天，这只幼熊感觉自己比昨天大了一倍，也比昨天重了一倍，他也不再受没有母乳喝的困扰。经历了昨天的种种，他已克服了痴迷于母亲乳汁的那种不舒服的渴望。托尔很快就让他适应了现状，他现在已成为一个食肉动物了。此刻，他知道，他们要回到昨晚大吃一顿的那个地方。

他们刚走到半山腰，托尔就嗅到了山风带来的某些讯息。他停了片刻，胸口发出一声低沉的咆哮，脖子上的肌肉也警觉地竖了起来。他闻到气味是从他储存食物的地方散发出来的，气味来自这个特殊的地方是他难以忍受的。他嗅到了另一只熊的强烈气味。一般情况下，嗅到别的熊的存在不会让他这么生气，要是对方是一只母熊的话，也不会让他兴奋。但是，气味从那个特殊的地方传来，而且还是一只公熊的气味，这就另当别论了。这气味很强烈，正顺着山谷一直飘到了他藏着猎物的那片香脂树林。

托尔停下来又嗅了嗅，确信无疑。随后，他低声咆哮着开始迅速地往山下奔去，速度快得马斯克瓦都很难跟上他。他们一路跑到小溪和香脂树林前的那块平地才停了下来。马斯克瓦气喘吁吁地张大了嘴。然后，他的耳朵向前竖起，一眼不眨地盯着前方。

突然间,他的小身体上的每一块肌肉都变得僵硬了。

在他们下方七十五码处,他们储存食物的地方正在被洗劫中。罪魁祸首是一只巨大的黑熊。一看,他就是个十足的亡命之徒。他看上去要比托尔轻个三百磅左右,但他几乎和托尔一样高大,黑黝黝的皮毛在阳光下闪着黑貂般的光泽。这可是多日以来闯入托尔领地的最雄壮也最胆大的熊啦。他这会儿正把驯鹿的尸体从藏匿的坑里拖了出来,在托尔和马斯克瓦的眼皮底下,津津有味地吃了起来。

片刻后,马斯克瓦疑惑地抬起头看着托尔。"我们该怎么办?"他似乎在问,"他居然在偷吃我们的食物!"

托尔开始慢慢地、谨慎地沿着最后七十五码的距离往下走。他似乎并不着急。

他到达草地边时,离那个强盗大概还有三四十码远,他又停了下来。他的表情没有什么特别明显的波动,但他肩膀上的肌肉鼓凸得比马斯克瓦以前见到过的还要大。

黑熊从他的美味中抬起头来,与托尔互相对看了整整半分钟。灰熊巨大的头部缓慢地左右摇摆晃动,像钟摆那样机械、重复地摆动,而黑熊则像狮身人面像般一动也没动。

马斯克瓦在离托尔四五英尺的地方站着。在他小小的脑袋里,他预感马上就要发生大事了,他立刻用他幼稚的方式,把尾巴夹在两腿之间,准备跟托尔一起逃跑,或者前进,与托尔一起并肩战斗。他的眼睛好奇地紧盯着托尔左右摆动的脑袋。整个大自然都明白这种摇摆的寓意。人类后来也获悉了这种行为传达的含义。"当灰熊摇头的时候,就要当心呐!"这是山中追捕熊类的猎人需

第八章 王者的对决

要知道的首条要则。

大黑熊也明白托尔的用意。要是他像闯入托尔领地里的其他熊一样，他此时就应该向后退几步，转过身去，然后离开。托尔给了他充足的时间，让他离开。但是，这只黑熊是刚到这个山谷里的新手，不仅如此，他还是一只年轻强壮的熊，至今没有被击败过；他在自己的地盘上也是个威风凛凛的战将。所以，他就站在原地，压根儿没动。

两熊对峙，黑熊吼出了挑衅的第一声。

托尔慢慢地、从容地径直向这个抢劫犯走去。马斯克瓦跟在他身后，走到一半，他停了下来，趴在地上。在走到离驯鹿尸体十英尺的地方，托尔又停止了前行，他那巨大的脑袋更快速地来回摆动起来，半张着的嘴里发出低沉的隆隆怒吼声。这边，黑熊也把他的獠牙露了出来，低声叫嚣着。马斯克瓦在一旁，不禁低声哀嚎了起来。托尔再次前行，一步一步，走得很慢。他的大嘴张开着，下巴几乎触碰到了地面，他弓腰弯背，巨大的身体蜷伏得很低。

两熊之间的距离不到一码时，托尔终于停了下来。他们都怒视着对方，在接下来大约三十秒的时间里，这两只熊就像两个愤怒到极点的男人，各自都试图用坚定的眼神、凶狠的表情引起对方的恐惧，从而威慑住对方。

马斯克瓦在一旁吓得直抖，就像患了疟疾似的，他轻轻地不停哀叫着，哀叫声传到了托尔的耳朵里。战斗一触就发，马斯克瓦吓呆了，他平趴在地上，一动不动的，像块石头。

托尔发出了刺耳的独特怒吼声，这吼叫声与世界上其他任何动物的吼声都有所不同。他向黑熊扑了过去,黑熊稍稍抬起后腿,在托尔的胸快撞到他的胸时,他发起了攻击,准备反扑。不过,托尔在打斗中很有经验,他躲过了黑熊后腿的第一次凶狠击打。接着,黑熊仰面翻滚,托尔随即用自己四颗锋利的长獠牙朝对方的肩膀咬去,深深地咬在了黑熊肩膀的骨头上。与此同时,他的左掌也挥了下去。

托尔平时惯于挖掘,他的爪子有点钝;黑熊不擅挖掘,而是喜欢爬树,他的爪子像尖刀一样锋利。黑熊把他刀子一样的爪子一下就刺进了托尔肩膀的枪伤处,鲜血立刻喷涌而出。

巨大的灰熊随之发出一声令大地颤抖的吼叫,他猛然间向后仰去,前肢离地而起,挺直起身来,足足有九英尺高。他之前就警告过黑熊,即便是在他们第一回合厮打之后,如果他的对手识相撤退的话,他也不会继续追击。可是,现在这就是一场殊死搏斗了!黑熊不仅洗劫了他的储藏室,还撕开了人类给他制造的伤口!

一分钟前,托尔一直是在为规则和权利而战,没有强烈的敌意或杀戮的欲望。现在,情况不一样了。他已动了杀心,变得凶狠可怖起来。托尔张开大嘴,上下颚有八英寸之长;他的嘴角拉得老长,露出白森森的牙齿和血红的牙龈;他鼻孔上的肌肉像绳结一样暴突出来,眉心之间有一道皱纹,像斧头在松树树干上砍出的裂缝。此时的托尔,眼睛里闪动着血红的光芒,青黑色的瞳孔几乎被盛怒的火焰所吞噬。这一刻,任何人看到托尔的神情,就会知道这场战争是一场生死决斗。

托尔并不能一直站立着打斗。大概六七秒钟,他保持着直立,

第八章 王者的对决

但当黑熊向前迈出一步的时候,他很快就四肢着地应战了。

站立的黑熊,用上肢与托尔继续交锋,在这之后——好几分钟——马斯克瓦趴在地上,害怕得身子越来越贴近地面,他睁着亮晶晶的眼睛,一眼不眨地注视着这场战斗。这是一场只有丛林和群山才能耳闻目睹的激战,两只巨熊地动山摇的咆哮声响彻在山谷间。

就像人类一样,这两个庞然大物用他们强壮的前臂扭打着,用尖牙和后肢撕扯着。足足两分钟,他们紧紧地搂抱在一起,在地上翻爬滚打,时而黑熊在下面,时而灰熊在下面。黑熊用锋利的熊爪凶猛地抓扯;而托尔则使用他尖利的牙齿和健壮的后肢进攻。他用前臂不费吹灰之力就揪牢了黑熊,但他只是用前臂抓住并摔打对方。托尔想采用扑倒驯鹿那样的方式来制服对方,想掏出他的五脏六腑来。

两只熊在用各自的大嘴撕咬对方,托尔一次又一次地把他的长牙插进黑熊的肉里。但在用牙齿撕咬的战斗中,黑熊显然比他动作更快,他们的下巴在半空中相遇时,托尔的右肩就被抓得血肉模糊,几乎没有一块好肉了。马斯克瓦听到了他们的肢体碰撞声,听到了咬牙切齿的摩擦声,还听到了骨头嘎吱作响的断裂声。

突然间,黑熊被猛地甩到了一边,他的脖子好像被折断了。不过,他仍在战斗。黑熊喘着粗气,无力地张开了淌血的嘴颌。托尔一口咬住了他的颈动脉。

马斯克瓦站了起来。他还在浑身发抖,但有了一种陌生、奇怪的激动情绪。他知道,这不是他和妈妈之间玩的小游戏。这是他第一次看到了真正的战斗。观战的兴奋感刺激得他小小的身体热血沸腾。他像小狗一样，发出一声声微弱的吼叫，并冲了上去，用他的牙齿徒劳地咬进了黑熊屁股浓密的毛发和坚硬的皮肤。他用力拉扯着，号叫着；马斯克瓦用前脚撑起身子，使劲地拽了一嘴的毛发，心中却涌起了一种茫然而莫名的愤怒之火。

这时，黑熊痛苦地仰面扭来扭去，他弓起身子，抬起后爪，一下就从托尔的胸口直划到腹部。他在托尔身上留下了一个三英尺长的伤口。顿时，托尔皮开肉绽，鲜血淋漓。这样的攻击，要是驯鹿或任何其他动物，早就一命呜呼了。

黑熊准备再次用爪子掏向托尔，还没来得及发动攻击，灰熊就侧身一摆，躲开了。黑熊这回打在了马斯克瓦身上，熊掌击中了他，马斯克瓦被打得飞出了二十英尺远，就像弹弓中的一块石头那样飞弹出去。小家伙没有受伤，但却被打蒙了。

与此同时，托尔松开了对黑熊喉咙的控制，向一旁跳动了两三英尺。托尔的身子一直在淌血，把黑熊的肩膀、胸部和颈部都浸湿了；而黑熊身上的肉则大块大块地被撕扯了下来。黑熊用力地想站起来，托尔又一次扑到他身上。

这一次，托尔给了他最致命的一击。他用嘴紧紧地咬住了黑熊鼻子上方的要害位置。"嘎吱"一声，骨头碎了，战斗也结束了。就这一下就要了黑熊的命。不过，托尔并不知道，他继续用尖刀般的后爪撕扯黑熊，足足有十多分钟。

等托尔最终停止时，战场已经惨不忍睹：地面被染成了红色；到处散落的都是大片大片的黑色兽皮和红色肉块；黑熊从头到脚被撕裂得体无完肤。

兰登和布鲁斯正蹲在两英里外的山坡上，他俩在一块岩石旁，透过望远镜观看着这惊心动魄的战斗场面。两人吓得面色苍白，心情紧张，大气都不敢出一声。隔着这段距离，他们目睹了那可怕的激战，但他们并没有看到那只幼熊。

托尔结束了战斗，气喘吁吁地站着，血滴在死去的对手身上。兰登放下了望远镜。

"天啊！"他喘着气，说道。

布鲁斯跳了起来。

"快走吧！"他喊道，"黑熊死了！如果我们抓紧时间，还能抓住灰熊！"

这时，草地上的马斯克瓦嘴里叼着一块温热的黑熊皮，向托尔跑去。托尔低下了头，硕大的脑袋还在淌着血。他伸出血红的舌头，舔了舔马斯克瓦的小脸。这只棕脸的小熊已经用行动证明了自己。这一切，托尔看在眼里，也从此接纳了马斯克瓦。

第九章　漫长的行程

一场大战结束后，托尔和马斯克瓦都没有再靠近驯鹿肉，吃点东西填填肚子。托尔是受伤了，没有吃东西的欲望；马斯克瓦则激动得浑身发抖，一口食物都咽不下去。他的嘴里还在撕扯着一块黑熊皮，一边发出轻轻的呢喃和吼叫声，仿佛给刚才的事情做个定论。

灰熊低垂着大脑袋在一旁站了好几分钟，鲜血滴下来，渐渐在他身下积成一摊摊的血迹。他面朝山谷。此时几乎没有风——风力太弱了，几乎不可能分辨出它是从哪个方向吹来的。不一会儿，一阵风从山谷的谷底吹来，自下而上旋转，吹过山腰，到了山顶，风力也逐渐猛烈起来。偶尔高空中会有一股气流轻轻地向下吹拂，在山谷中徜徉片刻，仿佛发出一阵无声的叹息，抚动着凤仙花的花蕾和云杉树梢。

正当托尔面朝东边的时候，一丝山风吹来，随之飘来了淡淡的、可怕的人的气味！

第九章 漫长的行程

托尔突然发出一声吼叫，把自己从刚才的暂时混沌状态中唤醒。他松弛的肌肉变硬了，他抬起头来，又闻了闻吹来的风。

马斯克瓦此时停止了与那一块兽皮的徒劳搏斗，也嗅了嗅空气。兰登和布鲁斯在奔跑，满头大汗，男人的汗味又重，飘得也远，所以这时的空气里满是男人浓烈的气味。这使托尔再次勃然大怒。在他受伤流血之际，人的气味第二次出现了！他已经把人的气味与自己的受伤联系在一起了。此刻，他对这一联系更加确信了。他转过头，对着那具支离破碎的大黑熊的尸体大吼了一声。然后，他面对风，发出威胁似的咆哮。他并不准备逃跑。在这种情况下，如果布鲁斯和兰登出现在山顶上，托尔就会凶相毕露、不顾一切地发起攻击，势不可挡。刚才，他给予自己同类的就是这种可怕的打击。

不过，微弱的山风吹过一阵后，四周一片宁静。山谷里回荡着潺潺的流水声；土拨鼠从岩石中发出柔和的音符；松鸡在绿色的平地上鸣叫，又成群结队地飞舞起来。这一场景安抚了托尔，就像女人温柔的手安抚一个愤怒中的男人一样。接下来持续五分钟，托尔不停地怒吼咆哮，并试图再次闻闻人的气味，但他没有闻到。于是，怒吼声逐渐越来越低。最后，托尔转过身，慢慢地朝着他和马斯克瓦不久前走过的那条小径走去。马斯克瓦紧随其后。

托尔和马斯克瓦向地势高的地方走去，离开了山谷，隐没在峡谷中。峡谷的谷底覆盖着岩石。托尔在战斗中受的伤，与子弹的创伤不同，没过几分钟就停止了流血，并且身后也没有留下任何明显的血迹。他们从峡谷爬到了半山腰，那儿岩石凌乱突兀，一直延伸到山上。从峡谷下面朝上望去,他们的身影被岩石遮蔽,从而看不见了。

托尔和马斯克瓦在山顶融雪形成的水洼边停了下来,喝了些水,然后继续往前走。当他们到达前天晚上睡过的岩脊时,托尔才停下脚步。此时,马斯克瓦并不觉得特别累。两天过去了,这个棕脸小熊发生了巨大的变化:他不再那么又圆又胖了,他变得更加强壮了,可以说,非常强壮了;他也变得越来越坚强,在托尔的悉心照料下,他很快从幼年期迈入了青年期。

很明显,托尔在之前就已经来过这片岩脊了。他知道自己的方向和目的地。岩脊继续向上延展,最后在一堵陡峭的岩石墙面前停止了。托尔走的这条小径直接把他带到了一个比他的身体还要宽的大裂缝里,他穿过这个裂缝,出现在马斯克瓦所见过的最崎岖、最粗糙的岩石滑坡边缘。这里看起来像一个巨大的采石场,向下,它通到很远的树林;向上,几乎到达了上面的山顶。

尖利陡滑、坑洼险峻的岩石堆遍布各处,形成了无数的陷阱。对于马斯克瓦来说,要想穿过这条通道是不可能的。托尔开始向第一堆岩石爬去时,小熊就停了下来,发出呜呜的哀叫声。这是他第一次决心放弃,当他看到托尔对他的哀嚎毫不理睬时,恐惧向他袭来。他一边疯狂地试图在岩石中另找出一条路,一边大声地向托尔呼喊求助。

托尔完全不理会马斯克瓦的困境,他继续往前走,走到离马斯克瓦整整三十码之外才停了下来。然后,他特意转过身来,等待着。

这一举止给了马斯克瓦莫大的勇气,他拼命地追赶起来。他

第九章 漫长的行程

用爪子抓挠岩石，甚至动用下巴和牙齿拼命往上爬。十分钟后，他终于来到了托尔身边，累得根本喘不过气来。不过，他的恐惧随之也突然消失了。因为托尔此时站到了一条狭窄的白色小路上，这条小路像地板一样坚实平整。

这条小路大概有八英寸宽，但它看起来非同寻常、神秘莫测，而且与它周围的自然环境也显得格格不入，十分不协调，就像是一大群工人带着锤子过来，把成吨的砂岩和板岩打碎，然后用瓦砾填塞在巨石之间，铺成了这么一条光洁、坚硬、狭窄的道路。有些地方的路面被打磨得像粉末那么细碎，像水泥那么硬实。但事实上，这条路不是用锤子砸出的，而是几百代以来，甚至是几千代以来的山羊用蹄子踩踏出来的通道。这是群山里的一条羊肠小道。在哥伦布发现美洲大陆之前，第一批大角羊群可能已经开辟出了这条道路；当然，经过羊群多年的踩踏后，才能在岩石间把这条道路踩得这么平坦光整。

托尔把这条路作为他从一个山谷到另一个山谷的高速通道之一，山里的其他动物也像他一样使用这条小路，而且使用得更加频繁。就在托尔站在路上等着马斯克瓦，让他歇口气的当下，他俩都听到一种奇怪的咯咯笑声从上方传来。在小路约四五十英尺的地方，有一块巨大的砾石，砾石前方的小路蜿蜒起伏，一直往下延伸而去。砾石的背面有一个小洼地，一只大豪猪就在这时从这块砾石背面现出身来。

北部山区有一条规矩，人们不得猎杀豪猪。因为豪猪是"迷路人的朋友"，探险者和猎人要是在山里迷了路，饥肠辘辘的时候，几乎总能遇到豪猪。除此之外，就连孩子都能轻易抓捕他们。

豪猪是荒野中最幽默、最快乐、性情最好、举止最温和的动物。他们不停地自说自话、闲聊和发出咯咯的笑声。当他们行走时，就像一只巨大的、移动中的大针垫。豪猪好像一直沉浸在自己的世界里自得其乐，对周围的事物一概置之不理。

这是只奇特的"胖家伙"，他正朝马斯克瓦和托尔的方向走来，一路上愉快地跟自己聊天，发出的咯咯笑声听上去就像婴儿的牙牙学语声。这只豪猪非常肥胖，他走得很慢，身体摇摇晃晃的，尾巴上的长刺碰在石头上，发出咔哒咔哒的响声。这家伙的眼睛盯着小路，全神贯注于脚下的一切。他一直走到距离托尔五英尺时，才猛地看到他。然后，眨眼间，他就弯曲身体，把自己缩成了一个大刺球。他大声叫了几秒钟后，就像狮身人面像一样保持静默不动了，只有一双小红眼睛紧紧地盯着这只大灰熊。

托尔压根没想去捕杀他，但他正挡住了去路，路又很狭窄。托尔准备继续往前走，刚向前走了一两英尺，豪猪立刻就背对着他，准备用他有力的尾巴猛击。那条尾巴上有几百根长刺。由于托尔不止一次地被豪猪的长刺划伤过，他犹豫了一下。

马斯克瓦在一旁好奇地看着。他还有好多新知识要学呢，他曾经在脚上拔出的那根长刺就是豪猪身上脱落的一根。马斯克瓦看到豪猪堵在路上似乎让托尔感到很为难，他于是转过身，准备在必要时沿着斜坡返回。然而，托尔又向前迈了一步，豪猪突然就发出了凶狠的叫声，同时向后退去，开始在空中嗖嗖地用力甩动他那又粗又大的尾巴，他的力道足以把长刺插进一棵树的根部四分之一英寸深处。豪猪一见自己的甩动没有打中托尔，又叫着再次缩成一团。托尔踏上了巨石，绕着巨石转了一圈。他绕过豪

第九章　漫长的行程

猪，就站在那儿不动，等着马斯克瓦。

豪猪见此情景，对自己的胜利感到非常得意。他从备战状态恢复到了常态，稍稍收起了带刺的长尾巴，然后，就朝着马斯克瓦的方向走来。他又哼起了小调，继续着那善意的咯咯笑声。幼熊本能地闪到一旁，贴着小路的边缘行走，不料却滑到了路外。等他爬起来的时候，豪猪已经在他身后四五英尺远了，完全沉浸在自己的行进中。

羊肠小径的冒险历程还没有完全结束。就在豪猪刚刚走到安全的地方，突然，在上面的大石头边，出现了一只獾，他正被他最喜欢的晚餐——这头豪猪肉香汁美的气味吸引而来。这个名副其实的山中亡命之徒有马斯克瓦三倍大，他长着擅长搏斗的肌肉、骨骼、爪子和锋利的牙齿。鼻子和前额上各有一个白色的斑点；他的腿又短又粗。托尔一见，立即向他发出了警告的咆哮声，獾害怕了，急忙逃开了。

与此同时，豪猪还在缓慢地走着，一边寻找新的觅食之地，一边自言自语，完全忘记了一两分钟前发生的事情，也没有意识到托尔刚刚把他从死亡边缘救了过来，就好像把他从万丈悬崖边拉回来一样。

托尔和马斯克瓦沿着羊肠小径走了将近一英里，蜿蜒的道路最终把他们带到了山脉的最顶端。此时，他们距离山下的谷底已有四分之三英里了，山顶有几处地方非常狭窄，从他们站立的地方，可以俯瞰两个山谷全部的风景。

对马斯克瓦来说，他脚下的风景全像是蒙上了一层薄雾。在一片朦胧中，到处显得郁郁葱葱，又金光闪闪。山谷深得看不到底,溪边的一片森林宛如一条黑色的条纹。远处山坡上一丛丛的香脂和雪松树,看起来像荆棘丛或柳树林。

山顶上此时刮起了风。凶猛的寒风像鞭子一样抽打着马斯克瓦,他感觉到脚下的积雪刺骨的寒冷。有两次,一只大鸟飞近他。这是他见过的最大的鸟——老鹰。老鹰第二次飞来时,离马斯克瓦很近,他听到了他翅膀拍打的声音,也看到了他凶猛的眼神和尖利的爪子。

托尔向老鹰转过身去,低声咆哮着。如果马斯克瓦独自孤零零地站立在此的话,幼崽早就被那凶残的鹰爪抓到半空中了。事实上,老鹰一直没放弃,直到他第三次盘旋时,才从他们的头顶飞过,飞向下面的斜坡,因为此时有猎物的气味出现了。托尔和马斯克瓦也闻到了气味,他们停了下来。

距离他们下方一百码的地方,有一个比较平缓的页岩斜坡,在这片页岩上,有一群羊。早上这群羊在页岩下面吃完草后,就在温暖的阳光下晒太阳。大约有二三十只,大部分是母羊和她们的小羊羔。三只体型壮硕的老公羊则躺在更东边的一片雪地上。

老鹰展开了他六英尺长的翅膀,像舞动一对扇子一般在空中继续盘旋飞翔,又像随风飘动的一根羽毛那样寂静无声。母羊,甚至老公羊都没有注意到老鹰正在他们的头顶盘旋。大多数小羊都躺在母羊身边,有两三只活泼的小羊在页岩上游荡,偶尔还会蹦蹦跳跳地嬉戏一番。

老鹰凶狠的目光盯住了这些小羊。突然间,他扇动着翅膀飞到更远处去了。接着,他迎着风,调整着间距;然后,他优雅地随风摇摆着,顺着风向飞了回来。当他飞回来的时候,老鹰的翅

第九章 漫长的行程

膀看似一动不动,却以越来越快的速度,像火箭一样直直地向小羊羔们袭击而来。就见一个巨大的影子在空中飘来了又飘去,只听一声凄惨而痛苦的羊叫声,老鹰就消失在空中了。原先三只羊羔嬉闹的地方,还剩下了两只小羊羔。

斜坡上立刻发生了骚动。母羊开始来回奔跑,焦虑地咩咩叫个不停。三只公羊跳了起来,像岩石一样站立着,他们巨大的斗篷般的脑袋高高昂起,一边观察着下面的山涧峡谷和上方的山峦高峰,以防新的危险降临。

就在这时,一只公羊看到了托尔,喉咙里立马发出了警报。深沉、刺耳的鸣叫声,一英里外的猎人都能听到。他一边发出危险信号,一边撒腿沿着斜坡往下跑,整个羊群紧跟在他身后。不一会儿,一阵羊蹄声从陡峭的页岩斜坡上哗啦啦地落下,散乱的小石子和松碎的巨石也纷纷翻滚而坠入山谷。这一切对马斯克瓦来说非常精彩,如果不是托尔带着他继续赶路,他会站在那里,津津有味地观望好长一段时间,期待着其他更多事情的发生。

过了一会儿,他们沿着羊肠小径开始向下进入山谷,朝着斯基纳河的下游支流方向走去。这条山谷的上方就是兰登第一次开枪击中托尔的地方。他们现在离北面猎人们宿营的树林有七八英里远。

托尔和马斯克瓦又走了一个小时,他们来到了一个绿色的斜坡。裸露的页岩和灰色的峭壁又远远落在他们的后方了,马斯克瓦在经历了嶙峋的岩石、刺骨的寒风以及可怕的老鹰的凝视等一系列遭遇之后,正一步一步地走下山来,进入了地势较低的山谷,这里温暖美丽,简直就是天堂了。

然而，很明显，托尔脑子里有了新的打算。他现在既不四处闲逛，也不一会儿上山、一会儿下坡了。他低着头稳步地向北走去，朝着斯基纳河下游的方向笔直前行，估计指南针都没有他这么精确。这次，他非常明确和务实，专心地走着。马斯克瓦勇敢地跟在他身后，想知道他是否永远都不会停下步伐。事实上，对于大灰熊和棕脸小熊来说，在整个广袤无垠的世界上，哪里还会有比这块阳光明媚的山坡更好的去处呢？然而，托尔却急急忙忙地要离开这里。

第十章　狼藉的战场

要不是兰登的话，这一天的两熊大战会更加激烈惊险，也许托尔和马斯克瓦还会迎来更致命的危险。就在托尔和黑熊结束战斗后的三分钟后，猎人们气喘吁吁、汗流浃背地来到了血腥的战斗现场。布鲁斯已经做好了准备，迫不及待地想去继续追击托尔。他知道，大灰熊就在附近，离他们不远了；他确信托尔已经上山了。就在托尔和棕脸幼崽踏上羊肠小径的时候，布鲁斯就在深谷的砾石中发现了灰熊的脚印。

布鲁斯的判断和建议并没能打动兰登。兰登此时的内心被深深地震撼了。刚刚目击的战斗场景和此刻见证的战后现场深深地触动了他。拥有猎人和博物学家双重身份的兰登不愿离开这个灰熊和黑熊决斗过的血迹斑斑、惨不忍睹的竞技场。

"早知道会这样，我一枪都不会开，我会跑五千英里的路，来看这场厮杀的。"兰登说，"布鲁斯，这些是值得反复思考和仔细审视的。灰熊不会跑走。这会儿，或几个小时后，他跑不了的。

这里发生的一切肯定有原因,我们可以找出真相,我想要还原发生在这里的故事。"

在半个小时的时间里,兰登一次又一次地在战场上来回巡查,一遍遍地观察破碎的地面、大块深红色的血迹、剥落的毛皮和黑熊尸体上可怕的伤口。布鲁斯对这些事情根本不感兴趣,他更关注驯鹿的尸体。最后,他把兰登叫到了香脂树林边。

"你想要知道真相,"布鲁斯说,"我给你找到了,吉米。"

他走进香脂树林,兰登跟着走了进去。布鲁斯在托尔藏匿驯鹿尸体的附近走了几步,停了下来,指了指托尔藏匿食物的那个坑。坑里沾满了血。

"你的猜测是对的,吉米。"他说,"我们追的这只灰熊是个食肉动物。昨晚他在草地上杀死了一头驯鹿。我敢肯定是灰熊杀的驯鹿而不是黑熊,因为沿着树林边缘的足迹都是灰熊的足迹。来吧,我来告诉你他扑倒驯鹿的地方!"

布鲁斯带路重回到草地上,并指出了托尔拖拽公鹿的地点,在托尔和马斯克瓦大饱口福的地方,那地面上依然残留着一些鹿肉和一大摊血污。

"灰熊填饱肚子后就把吃剩的驯鹿残骸藏到了香脂树林里。"布鲁斯接着说,"今天早上,黑熊路过这里,闻到了驯鹿的气味,抢夺了藏匿处。灰熊在黑熊吃完食物后就回来了,两熊就发生了大战。这就是所有的故事!这就是你要的真相,吉米。"

"那,灰熊还会回来吗?"兰登问。

"这辈子都不会,他不会回来的!"布鲁斯大声说道,"就算他饿了,他也绝不会再碰那具驯鹿尸体的。刚才这个地方对他来

第十章 狼藉的战场

说就像毒药一样,他不会再碰一下了。"

在那之后,布鲁斯便独自离开,去追踪托尔了。兰登还留在战场上,苦思冥想。坐在香脂树的树荫下,他连续写了一个小时了。他时不时地站起来,添加一些新发现的事实,或核实已经发现的事实的依据。与此同时,布鲁斯一步步地爬上了山坡。托尔一路上没有留下任何血迹,但布鲁斯在其他人注意不到的地方,还是发现了托尔途经的迹象。当他回到兰登身边时,脸上露出了满意的表情。兰登也正完成他记录的笔记了。

"灰熊已经翻过这座山了。"布鲁斯简短地说。

中午时分,他们爬上火山岩石堆,穿过羊肠小径,来到了托尔和马斯克瓦驻足观察鹰和羊的地方。他们在那里吃了点午饭,用望远镜扫视了山谷。布鲁斯沉默了很长时间。然后他放下望远镜,转向兰登。

"我想我已经搜索出他的活动范围了。"布鲁斯说,"他就在这两个山谷之间来回跑动,我们把营地放得太靠南边了。你看到下面的树林了吗?那是我们的营地应该在的地方。你觉得把我们的马从分水岭向上移到这儿,怎么样?"

"那我们明天再去抓大灰熊?"

布鲁斯点了点头。

"我们现在不能去追他,把马拴在谷底是不行的。"

兰登把望远镜装好后,站了起来。他突然变得严肃起来。

"什么声音?"

"我什么也没听见。"布鲁斯说。

他俩并肩站了一会儿,仔细听着。一阵风在他们的耳边呼啸而过。

"我听到了。"兰登低声说道,他的声音里突然充满了兴奋。

"是猎犬。"布鲁斯大声叫道。

"对,就是猎犬。"他俩身体前倾,耳朵朝南,仔细地听着。远处隐约传来了艾尔谷梗微弱的叫声!

印第安人梅托辛来了,他正在山谷里寻找兰登和奥托他俩呢!

第十一章　沿途的风景

托尔走到了印第安人称之为"皮穆陶"的地方。他那愚钝的头脑一下子就把"二加二"并列在了一块，虽然他可能得不出"四"这个结果，但他的心算很准确，他确信笔直地朝北方走就是他要去的地方。

兰登和布鲁斯顺着羊肠小径到达了山顶，又听到远处猎犬的叫声。而在这同时，小马斯克瓦几乎陷入了绝望的境地。对他来说，跟在托尔身后走，就像是一场永无止境的捉迷藏游戏。

托尔和马斯克瓦离开羊肠小径后，他们又走了一个小时，来到了山谷中的一处高地，从这儿开始，河水开始分流了。一条小河向南流去，最终汇入塔克拉湖；另一条向北，流入斯基纳河的支流巴宾河。很快，托尔和马斯克瓦就向下来到了一个地势很低的地方。这是马斯克瓦第一次见到沼泽地，他时不时还要穿过茂密的草丛，草丛经常挡住他的视线，使他看不见前方托尔的身影，只能听到他领头在前穿梭疾走的声音。

The Grizzly King
熊王托尔

一路走来，溪流变得越来越宽，溪水也越来越深了。在有些地方，他们沿着黑沉沉、静悄悄的溪水边缘行走，马斯克瓦感觉这些溪水一定都深不可测。这段路程给了马斯克瓦一些喘息的机会。因为托尔时不时地会停下来，在溪水的边缘嗅一嗅。他在寻找着什么，但似乎还未找到。每一次当托尔重新开始行走时，马斯克瓦都觉得自己的耐力快要达到极限，他变得越来越难以忍受这无休无止的长途跋涉了。

当托尔和马斯克瓦来到一个湖边时，他们离布鲁斯和兰登用望远镜扫视的那片山谷以北整整七英里了。在马斯克瓦看来，这是一个黑暗冷清的湖泊，除了阳光照耀的水面泛起的波光外，他什么也没见到。靠近湖岸是一片森林。森林里的一些地方几乎是漆黑一片的。一群奇怪的鸟儿在茂密的芦苇丛中呱呱地叫个不停。空气中飘散着一股奇怪的气味——某种东西的香味，小熊舔了舔他的腹部，他觉得饿了。

托尔站在那里有一两分钟，嗅了嗅空气中的那股气味——那是鱼的腥味。

慢慢地，大灰熊开始沿着湖边往前走。他很快就来到一条小溪的入口处。小溪的宽度不超过二十英尺，溪水黑黝黝的，又静又深，就像湖水一样平静。托尔沿着这条小溪向上游走了一百码，直到他走到了一个地方，那里有许多树木横倒在小溪上面，形成了一个小水涡，堵塞了溪水的流淌；水涡上面覆盖着一层绿色的浮渣。托尔知道浮渣的下面肯定藏着什么东西，他悄无声息地爬上了树干。

托尔踩着横倒在小溪上的树干走到水涡的中间，然后停了下来；他伸出右爪，轻轻把浮渣向后拂去，一池清澈的溪水就露在他的眼前。

马斯克瓦站在溪边看着托尔，明亮的小眼睛里闪烁着兴奋的光芒。他知道托尔在找吃的东西，但他要如何才能把吃的东西从那池水里弄出来呢？尽管马斯克瓦很累，但他还是很感兴趣地远远观看着。

托尔此时趴在了树干上，头和右掌都正对着水涡上方。他现在试探性地把一只爪子伸到水里，有一英尺深。然后，他非常安静地保持着这个姿势，耐心地等在那里。托尔能清楚地看到溪底，好一会儿，他看到的只是溪底里几根树枝的枝条和一根树枝突出来的树梢。终于，一条细长的影子在水底慢慢地游动，一直游到了他的身子下面。这是一条十五英寸长的鳟鱼，这条鱼此刻只是在水深处游动，托尔没有激动得立刻跳下去。

他还在耐心地等待，很快这种耐心就得到了回报。一条漂亮的红色斑点鳟鱼从浮渣下面游了出来，托尔大掌一挥，一阵阵水花被抛洒到十几英尺高的空中，如此地突然，把马斯克瓦吓得尖叫一声。紧接着，鱼砰的一声落在了离幼熊不到三英尺的地方。马斯克瓦立刻扑上来，用锋利的牙齿咬住了鳟鱼。鳟鱼还在翻滚挣扎着。

托尔在树干上站了起来，当他看到马斯克瓦已经抓住了那条鱼时，他又趴回到原来的位置。马斯克瓦刚吃完他的第一个猎物，第二道水花又向上喷射，另一条鳟鱼在空中翻滚着向岸边飞去。这一次，托尔迅速地跟过来了，因为他也饿了。

那天下午，他们在小溪旁的荫凉处吃了一顿丰盛的大餐。托尔一连五次把鱼从浮渣下面打捞上来,不过,马斯克瓦在吃完第一条鳟鱼后,就再也吃不下了。

饱餐一顿后,他们在靠近水涡附近的一个既凉快又隐蔽的地方躺了几个小时。马斯克瓦睡得并不好。他开始明白,现在的生活他自己也得要承担一些责任了。他的耳朵也开始适应不同的声音。每当托尔动了动,或是深深地叹了一口气,马斯克瓦都听得一清二楚。自从那天与灰熊一起开始长途跋涉后,他经历了许多艰难困苦,他的心里也充满了不安——害怕失去他的这个大朋友兼捕食高手。他下定决心,一定不能让这个收养他的同伴悄无声息地从自己身边溜走。不过,好在托尔根本没有丢弃这个小伙伴的意思。事实上,他已经越来越喜欢马斯克瓦了。

托尔并不仅仅是想吃鱼,或害怕他的敌人,才来到巴宾河下游海拔较低的地方的。在过去的一个星期里,他内心的不安与日俱增,过去两三天的战斗和逃亡经历让他的失落情绪达到了顶峰。他的心中充满了一种奇怪的未被满足的渴望。所以,当马斯克瓦在灌木丛中打盹时,托尔的耳朵一直非常警觉,留意着某种响声;他的鼻子也时时嗅着空气里的味道。他渴望给自己找个伴侣。

印第安语中,把雌性的熊叫做"普斯库维佩斯姆",就是"蜕皮的月亮",或者说"产卵的月亮"的意思。通常六月份,就是熊的交配期。托尔在寻找从西部山脉来找他的母熊。托尔几乎完全是一个按习惯生活的动物,他每次都跋山涉水,专门绕道走这条路,又进入另外一个山谷,再从遥远的地方朝着巴宾河方向走去。一路上,他总是以鱼为食,吃的鱼越多,他身上的气味就越浓。托尔并不知道,这种金色斑点的鳟鱼为何能使他散发出更吸引异性的气味。不管怎样,只要他使劲吃鱼,他身上的味道就越浓厚。

再过两个小时,太阳就要下山了。托尔站起身来,伸了个懒腰,又从水里打捞了三条鱼出来。马斯克瓦吃掉了一个鱼头,托尔吃完了剩下的部分。然后,他们继续开始漫长的行程。

马斯克瓦意识到他们现在进入了一个全新的世界。这阵子,一路上都没有他熟悉的声音了。高山峡谷里低沉的嗡嗡声消失了;没有土拨鼠,没有松鸡,也没有胖胖的小地鼠跑来跑去;只有静静的湖水,又黑又深,以及隐藏在树根下漆黑一片、不见阳光的水洼地,森林紧靠在湖边。这里没有可以攀爬的岩石,只有潮湿、松软的原木、厚厚的掉落在地上的果子和散落的树枝。这里的空气跟山上的也完全不一样,没有一丝风。他们脚下有时会踩到一层柔软的苔藓,有时,托尔陷到厚厚的苔藓里,苔藓几乎没到了他的腋下。整个森林里到处是一种奇怪的阴暗,到处是诡异可疑的影子和植被腐烂的刺鼻气味。

托尔在这里行走的速度没有那么快了。寂静、阴郁和难闻的空气似乎唤起了他的警惕。他轻轻地走几步,不时停下来,环顾四周,又倾听半天,再走几步;每次走到树根下的水洼边,他都会闻一闻隐藏在里面的气味;每一个新的响动都会让他停下来,低着头,耳朵警觉地竖起来。

有好几次,马斯克瓦看到黑暗中飘浮的阴影。他们是灰色的大猫头鹰,到了冬天,灰色就变成雪白的颜色。还有一次,天快黑的时候,他们在小路上遇到了一只猞猁。他的眼球突兀、动作敏捷、长相凶猛,但他一看到托尔,就像球一样转身飞快地跑

The Grizzly King
熊王托尔

开了。

天还没黑透的时候，托尔悄悄地走进了一片开阔的平地，马斯克瓦发现自己先是走在一条小溪边，然后又靠近了一个大池塘。空气中充满了一种温暖、鲜活的生命气息。这不是鱼味，但它似乎是从池塘中心飘过来的，池塘中央隆起了三四个圆形的团块，看起来像是个大灌木丛，上面涂了一层泥巴。

每次托尔来到山谷的这一头，总要去拜访眼前这个海狸的聚居地，偶尔也会抓一只肥壮的小海狸作为晚餐或早餐。今天晚上他并不饿，而且也忙着赶路。尽管如此，托尔还是在池塘边的阴暗处站了几分钟。

海狸们已经开始夜间的劳作了。马斯克瓦看了一会儿，很快就明白，迅速掠过水面的闪光条纹是什么了。每一条条纹的末端都是一个黑色的、扁平的海狸脑袋。现在他看到，这些条纹大多是从池塘较远的另一边游过来开始工作的；他们横穿水面，往东边的堤坝游去，直接在水面上形成了一道又长又低的屏障，屏障向东边延伸了有一百码，把水流都堵住了。

托尔看不懂这个外形特殊的屏障，觉得很奇怪。凭借他对海狸生活方式的多年了解，他知道他的工程师朋友们——他只是偶尔享用他们一顿——正在通过建造一座新的堤坝来拓宽他们的领域。在托尔和马斯克瓦观看的过程中，两只肥胖的海狸将一根四英尺长的原木往池塘里一推，顿时溅起了一大片水花。其中一只海狸推着原木向建筑施工现场游去，而他的同伴则返回原地干别的活了。过了一会儿，池塘对面的树林里就响起了巨大的碰撞声，原来，这只海狸在那儿成功地弄倒了一棵树。托尔朝着新建中的

第十一章　沿途的风景

堤坝走去。

几乎在这同时，池塘中间传来了一声巨大的撞击声，接着是很急的水花飞溅声。一只老海狸看见了托尔，他用扁平宽大的尾巴拍打着水面，发出了警报。拍打的声音就像步枪射击一样划破了寂静的空气。忽然间，四面八方都是水花拍打声和入水跳跃声。这么一会儿，池塘里水面翻腾，波光荡漾。几十只被打断工作的海狸匆忙潜到水下，躲到他们由灌木丛和泥巴筑成的堡垒里。马斯克瓦全神贯注地注视着这一切，兴奋之中，几乎忘了跟随托尔继续赶路。

在海狸新筑的堤坝那儿，马斯克瓦终于追上了灰熊。托尔查看了一会儿海狸的新作品，然后用身体的重量测试了一下新坝的结实度。新坝很牢固，他们可以经过这座新建造的堤坝，直接来到对面的高地上。往前又走了几百码，托尔发现了一条驯鹿经常行走的小道，他们就沿着这条小道走了半个小时，这条小道把他们带到了湖水的尽头，通往向北流动的小溪的出口处。

马斯克瓦每时每刻都希望托尔能停下来休息一会。他下午的睡眠并没有缓解一双跛足的疼痛，也没有消除脚下肉垫的酸胀。他已经走得够长了，也够多了，而且都快承受不住了。如果他能按自己的意愿行事，接下来的一个月，他都不想再走一英里了。其实，光是走路也不会那么糟糕，但即便是跟上托尔这慢吞吞的步伐，他也不得不一路小跑，就像一个四岁小孩，又矮又胖，绝望地挂在一个身材高大、走路如风的行路者的拇指上。况且，马斯克瓦连可以拉扯一下他的拇指都没有。他的脚底像长了疖子，火辣辣地生疼；他那娇嫩的鼻子由于接触了灌木丛和锋利的沼泽草而变得红肿僵硬，他觉得自己的小后背都完全塌陷了。尽管这样，他还是拼命地坚持着，直到又走到河底，河床的地面再次变成沙土和砾石，这才让他的行走变得轻松一些了。

大约走了一个小时，天空中的星星没有被云层遮掩，一闪一闪地照耀着大地。托尔像一个没有灵魂的人一样闷头前进，而马斯克瓦则四肢跛行地紧随其后。突然，西边的天空传来了一阵低沉的隆隆雷声。一会儿，声音越来越大，并且迅速靠近——这是直接从温暖的太平洋上飞速而来的气流。托尔立刻变得心神不安，朝着响声传来的方向闻了闻。天空中，青灰色的条纹开始纵横交错，慢慢形成了黑压压的乌云，像一道巨大的窗帘一样向他们逼近。星星都消失了，风随之呼啸而来，然后是骤然下起一阵暴雨。

托尔发现了一块巨大的岩石，这块大岩石像一个斜坡一样向上凸起，于是在倾盆大雨来临之前，他和马斯克瓦一同钻到了岩石下面。有好几分钟，雨势很大，说是下暴雨，倒更像是暴发一场洪水，似乎太平洋的一部分已经被铲起，并倾倒在他们身上。半个小时后，小溪的溪水上涨了，变成了一股汹涌奔腾的洪流。

闪电和雷声把马斯克瓦吓坏了。一瞬间，他可以看到托尔在一道巨大的刺眼的闪电中，转眼间，四周又像沥青一样黑。山顶似乎塌陷掉进了山谷里，大地在摇晃、颤抖着。马斯克瓦依偎在托尔身边，一点点地靠近，直到最后就躺在了他的两只前臂之间，半个身子埋在大灰熊胸前毛茸茸的长发里。托尔只注意不让自己的身子淋到雨水，并不太关心这些喧闹的大自然的骚动。平时，如果他想要洗澡的话，他会选择阳光明媚的时候，身边得有一块晒得暖暖的大石头；洗完后就可以直接躺平在大石头上面，舒服

第十一章 沿途的风景

地摊开身子。

雨在第一次猛烈地宣泄后,接下来很长一段时间里,就一直柔和地淅淅沥沥下着。马斯克瓦很喜欢这样,他躲在能遮挡雨的岩石下面,依偎在托尔怀里,感觉很舒服,一会儿便睡着了。在接下来漫长的几个小时里,托尔一直独自醒着,时不时地打打瞌睡;但由于内心不安,他根本无法安然入睡。

午夜过后不久,雨就停了,但天仍然很黑,溪水已经淹没了小溪旁的小道,托尔仍躺在岩石下面。马斯克瓦还在熟睡中,睡得很香。

第二天,天亮后,托尔的起身唤醒了马斯克瓦。他跟着灰熊走了出来,来到空旷的地方,准备继续行走。尽管他的脚仍然有些疼痛,身体也很僵硬,但他感觉比昨天好多了。

托尔又开始沿着小溪继续行走了。一路上,小溪边的浅滩和支流中生长着茂盛的嫩草和草根,尤其还有托尔喜欢吃的细长的长茎百合。但是,对于一只重达一千磅的灰熊来说,光吃这些素食填饱肚子的话,即使不是花上一整天时间,也要消磨好几个小时,托尔不想再浪费时间了。一年中,他仅有几天的发情期。在这些日子里,托尔变身为一个感情最炽热的爱人,当他爱的时候,他完全改变了自己的生活方式,以至于他活着的意义不再仅仅是为了吃东西和长得膘肥体壮。在这短暂的恋爱时光里,他宁愿饿着,也不会以捕食为首要目标,从而放弃了为吃而活着的习惯。可怜的马斯克瓦几乎饿扁了,下一顿的晚餐何时才有着落呢?

但终于,下午刚过,托尔来到了一个池塘边,他停住不走了。池塘的宽度不到十二英尺,里面有许多鳟鱼。这些鳟鱼被困在这个小池里，无法游到上面的湖泊里；在汛期过后，他们要等很长时间，等洪水期来临，才有机会往下游到巴宾河和斯基纳河的较深水域。如今，他们就藏身在这个浅池子里，不过，很快，眼瞅着这个池子就要变成一个死亡陷阱了。

池水的一端有两英尺深，另一端只有几英寸深。大灰熊仔细地考虑了一番后，就直接涉水进入了池水的最深处。马斯克瓦站在上方的河岸上，看到闪闪发亮的鳟鱼冲进了较浅的水域。托尔慢慢地驱赶鳟鱼，现在，当他站在不到八英寸深的水中时，惊慌失措的鳟鱼一个接一个地试图逃回水池的深处。

托尔伸出大右臂，一次又一次地横扫过水面猛拍。掀起的第一阵水浪把马斯克瓦都打翻在地。但随之而来的是一条两磅重的鳟鱼，幼熊飞快地把他拽到一边，开始吃了起来。由于托尔的爪子还在有力地拍打，池塘里的水流激荡，以至于鳟鱼完全晕头转向，他们刚游到池水的一端，就转身向另一端飞快游去。他们一直这样惊慌失措地游来游去，直到灰熊把十多条鱼全部抛上了岸。

马斯克瓦全神贯注于吃他的鱼，托尔则聚精会神地捕鱼，他俩都没有注意到此时来了一位不速之客。而乍然间，他们又几乎在同一时间瞥见了这位来客。整整三十秒，他们惊呆在那儿盯着他，托尔在水池里，幼熊则衔着他的鱼，完全的惊愕让他俩一动没动。到访的是另一只灰熊，他冷静地开始吃托尔扔出来的鱼，仿佛是他自己抓的！不论在哪一只熊的领地上，也不会发生比这更严重的侮辱或更致命的挑战了！就连马斯克瓦也意识到了这一点，他急切地看着托尔。又要打一架了，他满怀期待地舔着自己的小胸部。

第十一章　沿途的风景

托尔慢慢地从池子里走出来，走到岸边他又停了下来。两只灰熊互相打量着对方，新来的灰熊一边看着托尔，一边大嚼着鱼。他们都没有冲对方咆哮吼叫，就连一旁的马斯克瓦也没有察觉到托尔有任何敌意的迹象。然后，令马斯克瓦更加惊讶的是，托尔开始在离闯入者不到三英尺的地方吃起了鱼！

也许人类是上帝所有创造物中最优秀的，但说到人类对老年人的尊重，做得并不比灰熊更好，有时甚至还不如一只灰熊好。托尔从不会跟一只上了年纪的老熊抢食，他从不会与一只老熊搏斗，他更不会把一只老熊从自己捕捉到的食物旁赶走——这是一些人都无法做到的。来访的是一只很老的灰熊，也是一只生了病的老熊。他站起来几乎和托尔一样高，但年纪太大了，胸口只有托尔的一半宽，脖子和头都瘦得出奇。印第安人叫这些老熊为"库亚斯·瓦普斯克"，意思就是，这是一只活不了多长时间的老熊了。印第安人不会伤害老熊，他们会放他安然无恙地走掉；其他的熊也对年老的熊特别宽容，如果有机会，还会分享食物给他吃，可是，白人却会猎杀老熊。

这只老灰熊饿坏了。他的爪子变钝了，毛发也很稀疏，身上好几处皮肤已经秃了，而且连牙齿都掉光了。他只剩红色的，坚硬的牙龈可以咀嚼东西了。如果他能活到秋天，就会最后一次去冬眠。也许死亡会来得更快。要是这样的话，老熊自己会知道，他会爬进某个隐蔽的洞穴或岩石的深缝中，直到咽下最后一口气。因为据布鲁斯或兰登所知，在整个落基山中，还没有一个人找到过自然死亡的灰熊的骨头或尸体！

虽说托尔身材高大、雄壮有力，但他不仅身上有枪伤，还正处在被人类步步紧逼的困境中；尽管如此，他也似乎明白这是老熊最后一次享受真正的大餐了——他已经太老了，不能自己去捕鱼、打猎，甚至连柔嫩的百合根都挖不动了。所以，托尔让老熊敞开来吃，直到最后一条鱼都被吃得精光，他才继续起身赶路，身后紧紧地跟着马斯克瓦。

第十二章　生活的仪式

托尔领着马斯克瓦向北又走了两个小时,这真是一次漫长又无聊的丛林之旅呀!他们自从离开羊肠小径后,已经走了整整二十英里了。对于马斯克瓦这个小家伙来说,这二十英里就像是一次环球旅行。通常情况下,幼熊在出生的第二年,也有可能是第三年,才会离开自己的出生地走那么远。

在这次的山谷徒步行走中,托尔没有一次在坡上浪费时间。他沿着小溪挑选了最容易走的小径。在他们离开那只老熊的水池下面三四英里的地方,托尔突然又改变了方向,开始向西转去。走了没多久,他们又爬上了一座山,沿着一条长长的绿色坡道走了四分之一英里。幸运的是,这是一块柔软光滑的草地,马斯克瓦的双腿走在绿坡上,没费多大力气就又走进了另一个山谷。这就是托尔杀死那只大黑熊的山谷,在南边二十英里处。

从托尔眺望他的领地北部边界的那一刻起,他的身上就发生了变化。他突然不再急着赶路了。他站了十五分钟,俯视着山谷,

The Grizzly King
熊王托尔

嗅着空气。然后,他慢慢地往山谷里走去。当他走到绿色的草地和小溪底部时,他昂起头来,迎着南面和西面吹来的风直行。风并没有给他带来他所期待的——他的伴侣的气味。不过,一种比理智更可靠的本能告诉他,他的伴侣就在附近,或者说,应该在附近。托尔从没有考虑她或许会遭遇意外、疾病或被猎人捕杀的可能性。他总是从这个地方开始寻找她,迟早会找到她的。他熟悉她的气味。所以,他一次又一次地穿过溪底,这样,就不怕会错过她的气味了。

托尔此刻患了相思病,他患相思病的时候跟人是差不多的症状。也就是说,在这个阶段,他变得傻乎乎的。其他任何事物都不再重要了。在其他的时间段,他的习惯像星星一样固定;可现在呢,他就像在休假,习惯早抛到脑外。他甚至忘记了饥饿,土拨鼠和地鼠们因此都很安全。托尔在寻找他的爱人,他不知疲倦,白天和夜晚都在赶路。

在这些激动人心的特殊日子里,他也几乎完全忘记了马斯克瓦,这是很自然的状况。太阳下山之前,他至少有十次来回地穿行于同一条小溪中。这可把小熊气坏了,几乎要放弃跟在他身后了。一会儿涉水,一会儿游泳,马斯克瓦跟在托尔身后苦苦"挣扎",差点被淹死。在托尔第十次或第十二次涉水蹚过小溪时,马斯克瓦一反常态,站在一边,没有跟过去。没过多久,灰熊自己就回来了。

不久之后,就在太阳落山的时候,意想不到的事情发生了。一阵风突然直吹向东方,带来了半英里外的山坡上的气味。托尔立刻停下了脚步,在路上一动不动地站了大约半分钟,然后他开

第十二章 生活的仪式

始慢跑，这是所有四足动物中最笨拙的步态。

马斯克瓦跟在他身后也奔跑起来，像个圆球一样滚动着，拼命地往前追赶，但却被托尔甩开得越来越远。托尔一口气跑了半英里路，要不是他在第一个斜坡的底部停下来，重新嗅一下气味的话，马斯克瓦就要完全跟丢了。当托尔爬上斜坡时，马斯克瓦看见了他，立刻发出了尖叫，希望他再等一分钟，一边连滚带爬地往坡上追去。

沿着山坡向上两百到三百码的地方，山坡逐渐向下倾斜，凹进去一块平地，宛如一个盆地。就在这个盆地里，一只漂亮的母灰熊正四处窥探，像托尔那样在空气中搜索，她也在寻觅。这就是来自远方美丽山脉的托尔的伴侣，和她一起来的是一只去年出生的幼熊。托尔到达山顶时离她不到五十码。他停了下来。托尔看着她，母熊伊斯克娃也看着他。

然后，熊的求偶仪式正式开始了。所有的匆忙，所有的期待，所有的对伴侣的渴望似乎此刻都离开了托尔；如果伊斯克娃也曾经渴望和期盼过，那么现在她也完全无动于衷了。在这两三分钟的时间里，托尔站在那里漫不经心地四处张望，这让马斯克瓦终于有时间站起来，凑近他身边，小熊期待着另一场战斗。

伊斯克娃掀起一块平坦的岩石，寻找蛴螬和蚂蚁，就好像把托尔忘到了九霄云外；而托尔呢？为了不被这种残忍的漠不关心所压倒，他拔出一束草，然后一口把草吞了下去。伊斯克娃向前走了一两步，托尔也向前走了一两步，仿佛纯粹是出于偶然，他们的步子朝着对方移去。

马斯克瓦感到困惑不解，那个年纪比他大点的幼熊也感到很困惑。他俩蹲坐在地上,像两只狗一样,一只比另一只大三倍,他俩都不知道,接下来会发生什么事呢?

托尔和伊斯克娃花了足足五分钟才走到了彼此相距不到五英尺的地方,然后他们非常优雅地闻了闻对方的鼻子。

此时,这只一岁的幼熊很想融入家庭圈子。他的年龄正好该有个很长的名字了,印第安人叫他"皮波纳斯库斯",意思是"一岁的小熊"。这个小家伙胆子很大,他径直走到托尔和他母亲面前。有那么一会儿,托尔似乎都没有注意到他。接下来,他快速地伸出长长的右臂,猛地挥舞了一下,皮波纳斯库斯就被拎起来,扔了出去。皮波纳斯库斯像个球一样,朝着马斯克瓦的方向旋转飞来,又落在地上翻滚了好长的距离。

母熊压根儿不在意她的孩子被托尔扔出去,仍然亲热地嗅着托尔的鼻子。然而,马斯克瓦却认为另一场激烈的战斗即将开始。于是,他大叫了一声,顺着山坡冲了下来,朝着皮波纳斯库斯全力以赴地扑过去。

皮波纳斯库斯是个被妈妈宠坏的孩子,也就是说,他是那些坚持跟随母亲度过第二季的幼熊之一,他已经一岁了,但他不愿意自己出去觅食讨生活。他一直吃奶到五个月大;他的母亲在他断奶后,还在继续为他觅食。所以,他长得又圆又胖,毛皮光滑细软;事实上,他堪称是山区里的小熊宝宝"维尼"。

相对来说,马斯克瓦尽管体型只有皮波纳斯库斯的三分之一大,而且他的脚还在酸胀,背也在疼痛,但几天的时间就让他成长了很多,也充满了真正的勇气。此时,他就像射出去的子弹一样落在了另一只幼熊的身上。

第十二章 生活的仪式

皮波纳斯库斯还没从托尔爪下的头昏目眩中缓过神来，这一突如其来的袭击吓得他尖叫着向母亲呼救求助。他从未跟别的小动物打过架。因此，当马斯克瓦针一样锋利的牙齿一次又一次地扎进他娇嫩的皮毛时，皮波纳斯库斯疼得满地打滚。他仰面躺在地上，踢打着，抓挠着，大喊大叫着。

碰巧的是，马斯克瓦一下子就咬住了皮波纳斯库斯的鼻子，而且咬得很深，如果"维尼·皮波纳斯库斯"没有勇气反击的话，眼瞅着鼻子就要被咬掉了。在马斯克瓦拼命咬住不放的时候，皮波纳斯库斯发出了一连串的尖叫声，告诉他的母亲他快要被杀死了。对于这些哭叫声，伊斯克娃一点也不放在心上，而是继续和托尔互相亲昵地嗅着对方的鼻子。

最终，皮波纳斯库斯使尽全力挣脱了马斯克瓦，保住了他流血的鼻子。他凭借体重的优势撞开了马斯克瓦，开始拼命狂奔。马斯克瓦跟在他身后奋起直追。他们绕着盆地一连转了两圈，尽管马斯克瓦的腿比较短，但他在奔跑中紧随其后，紧追不舍。皮波纳斯库斯在惊慌失措中向旁边瞥了一眼，结果撞到了一块岩石上，顿时，他四肢伸开，翻倒在地。不一会儿，马斯克瓦又向他扑来，展开攻势。突然间，马斯克瓦瞥见了托尔和伊斯克娃正慢慢地消失在山坡上。如果马斯克瓦没有碰巧看到他俩从山坡上往山谷走去，他还会继续咬牙切齿地咆哮啃咬，直到筋疲力尽才算完事。

几乎是在看见的同时，马斯克瓦就忘记了战斗。他惊讶地发现，托尔并没有把另一只熊撕扯成碎片，而是和她一起离开了。皮波纳斯库斯此时也从地上爬了起来，疑惑地看了看。然后马斯

The Grizzly King
熊王托尔

克瓦看看皮波纳斯库斯，皮波纳斯库斯也看看马斯克瓦。这只棕脸的幼熊舔了舔自己的胸部，他好像在思考和犹豫：是继续攻打皮波纳斯库斯更快乐？还是追随托尔更重要？另一只年长一些的小熊则一点也没犹豫地呜咽着大喊一声，赶紧起身追赶母亲去了。

这两只幼熊后来还是相处得很愉快。整个晚上，托尔和伊斯克娃都逗留在灌木丛和小溪底部的香脂林中。傍晚时分，皮波纳斯库斯又曾偷偷地溜到母亲身边，托尔再次把他拎起来，扔到了小溪中央。马斯克瓦第二次目睹了托尔的不满，这让他明白了，托尔和这只母熊压根儿没有心情忍受幼熊在他们身边打扰他们的相处。于是，马斯克瓦和皮波纳斯库斯小心翼翼地选择了休战和远离。

第二天，托尔和伊斯克娃依旧一直黏在一起。一大早，马斯克瓦为了寻找食物，就开始了大冒险。他喜欢细嫩的青草，但光吃青草根本填不饱肚子。有好几次，他看到皮波纳斯库斯在靠近小溪边的松软泥地里刨土挖洞，于是，他把这个小熊从挖了一半的洞边赶走，自己挖了起来。经过一番挖掘，没过多久，他拔出了一根白色的球状嫩根，马斯克瓦觉得这是他吃过的，除了鱼外最甘甜、最美味的东西了。这种植物叫春美草，还有一样食物完全可以与之相媲美，那就是狗牙堇。在马斯克瓦的周围，春美草大量地生长着。于是，他继续掘土，直到累得四肢酸痛。饱餐一顿后，马斯克瓦很是神清气爽。

后来，因为托尔，马斯克瓦又和皮波纳斯库斯大战了一回。傍晚时分，两只大熊并排躺在灌木丛中。不知出于什么原因，托尔张开他的大嘴，发出了低沉、持续的咆哮声，听起来很像他那

第十二章 生活的仪式

次跟大黑熊决战时发出的声音。伊斯克娃也抬起头，加入了他的嘶吼之中。事实上，这两只熊的脾气都非常温和，相处得也非常开心。为什么交配的熊会沉迷于这种令人毛骨悚然的二重唱呢？这恐怕是一个只有熊类自身才能解开的谜团了。吼叫持续了大约一分钟，在这一分钟里，躺在灌木丛外的马斯克瓦思索着，最后认定是托尔在与母熊的战斗中取得了胜利。于是，马斯克瓦断定，当托尔殴打皮波纳斯库斯的母亲时，光荣的时刻已经到来，他立刻一骨碌爬起来，开始寻找皮波纳斯库斯。

不巧的是，就在这时，小熊宝宝皮波纳斯库斯正沿着灌木丛的边缘偷偷溜了过来。马斯克瓦没有给他任何发问的机会，就像一个飞滚而来的黑球扑了上去，击打着他。皮波纳斯库斯像个胖孩子一样跌倒在地，翻滚了起来。在几分钟的时间里，他们互相又咬又挖又抓。当然，大部分的咬、挖、抓都是马斯克瓦完成的，而皮波纳斯库斯则把他的时间和精力都花在了叫嚷和哭喊上。

最后，较大一点的皮波纳斯库斯逃走了，又一次逃走了。马斯克瓦追着他，进了灌木丛，然后，两个小家伙又跑出了灌木丛，往下窜到小溪边，又跑了回来；接着，马斯克瓦追赶着上了半个坡，又下了半个坡，直到它累得不得不趴在地上喘气休息。

就在这时，托尔从灌木丛中走了出来。他独自一个，身边没有母熊跟着了。他看了看马斯克瓦，自昨晚以来，他似乎第一次注意到马斯克瓦。他嗅了嗅山谷上上下下吹来的风。然后，他转过身，径直朝着远处的山坡走去。这是他和马斯克瓦前一天下午来时经过的那个山坡。马斯克瓦既高兴又困惑，他很想走进灌木丛，看看那只死在里面的母熊。他想咆哮着，去撕扯那只死熊的皮,他还想干掉皮波纳斯库斯。犹豫了一两分钟后,马斯克瓦还是觉得追赶托尔要紧,于是,他跑着去追托尔,又紧紧地跟在他身后了。

过了不久,伊斯克娃也从灌木丛中走了出来,像托尔那样嗅了嗅风。然后,她往与托尔相反的方向前行,皮波纳斯库斯紧跟在她身后。他俩爬上斜坡,迎着夕阳,缓慢而稳步地朝前走。

托尔的求爱和马斯克瓦的第一次战斗就这样结束了。他们又一起往东走去,重新面对,所有四脚动物进入山区都会遇到的,最可怕的敌人——一种无情的、无法逃脱及充满死亡的危险。

第十三章 血腥的战斗

大灰熊和棕脸幼熊在离开伊斯克娃和皮波纳斯库斯后，整整一个晚上，他们不眠不休地行走在灿烂的星光下。托尔也没有去捕猎食物。他带着马斯克瓦先是爬上了一个陡峭的山坡，沿着凹陷倾斜的页岩走下去，直到进入一个小盆地。这个盆地隐藏在山脚下，那儿有一片柔软的绿色草地。草地上，狗牙堇长得十分茂盛。狗牙堇有着纤细的长茎，两片百合花般的叶子，一簇五片的花瓣；此外，它的根部呈球状，味道甘美可口。托尔整晚就在这片草地上挖狗牙堇的根来吃。

马斯克瓦白天吃了很多春美草，他并不觉得饿。这一天，对他来说，除了两次打斗之外，他都在吃吃睡睡。夜晚的天空布满了灿烂的星星，他现在心情非常愉快。十点钟左右，月亮升起来了，这是自出生以来，马斯克瓦看到的最大、最亮、最美的月亮。月光照耀着群峰，山顶一片红彤彤的，就像森林里蔓延的大火一样，给整个落基山披洒了一层奇妙的光芒。盆地里大约有十英亩

The Grizzly King
熊王托尔

草地，皎洁的月光把草地照耀得几乎像白天一样亮堂。山脚下的小湖也折射出柔和的波光。一千英尺高的山顶上，积雪融化后，形成一条溪流，像瀑布一样倾泻而下，汇入湖中。在月光下，瀑布像一条悬挂着的闪闪发光的钻石。

草地周围零零落落地生长着几簇灌木丛、几株香脂树和云杉树，仿佛只是为了装饰草地而刻意摆放于此的；草地的另一边，是一处狭窄的山坡，山坡上草木青葱翠绿，向上方蔓延了三分之一英里远。山坡的顶部，马斯克瓦和托尔没有看到的地方，有一群羊正在睡觉。

马斯克瓦四处乱窜，他有一阵子会钻进灌木丛里，过了一阵子便站到了香脂树和云杉树的树荫下，不一会儿又跑到湖边折腾。但每次都距离托尔不会太远。在湖边，他发现了一个软泥坑，这对他受尽煎熬的双脚来说简直是一种极大的享受。整个晚上，他至少二十次地跑到泥坑里泡脚。

黎明来临，托尔似乎并不急着离开这块盆地。直到太阳高高挂起，他依然悠闲地在草地上和小湖边漫步，时不时地挖出些根茎，啃几口嫩草。这并没有让马斯克瓦感到不快，他自己挖了一些狗牙堇的根茎当早餐。不过，令马斯克瓦大惑不解的是，托尔为什么不到湖里去捞些鳟鱼呢？因为马斯克瓦还不知道，并非所有的水流里都有鱼。最后，他决定自己下水去捞鱼。结果，悲催的是，鱼不仅没捞到，反而成功地捞到了一只黑色硬壳水甲虫，水甲虫的大螯像一把针状钳子，牢牢地夹住了马斯克瓦的鼻子，疼得他发出了一声尖叫。

大约十点钟，阳光普照在盆地上，对于皮毛厚实的熊来说，

第十三章　血腥的战斗

盆地就成了一个炙热的烤箱,托尔跑到瀑布周围的岩石堆四处搜寻,终于找到了一个像老式地窖那样凉爽的地方。那是一个小山洞。山顶上的雪水形成了无数的细流,缓缓流过山洞里的石板和砂岩,洞里漆黑一片且阴冷潮湿。

这正是七月托尔喜欢待着的那种地方,但对马斯克瓦来说,这里黑暗阴森,不像有太阳照射的地方那样令他愉悦。所以在洞里待了一两个小时后,马斯克瓦就走出洞去,开始研究起那些危险的壁架①来,把托尔独自留在了这个冷窖里。

刚开始的几分钟一切都很正常。随后,马斯克瓦踏上了一个绿色的石板斜坡,一股很浅的水流从石板上流淌而过。几个世纪以来,水流一直以这种方式在石板上面流淌,因而斜坡上的石板被打磨得就像一颗抛光的珍珠表面一样光滑,又像一根涂了油脂的管子。马斯克瓦的脚刚踩上去,就哗啦滑了一跤,整个身子飞了出去。他还没弄清发生了什么,就摔了下去,朝着一百英尺深的湖里跌去。他这一路翻滚跌撞,不一会儿,就落在了一个个积水坑里。马斯克瓦就像个皮球一样在小瀑布上弹跳荡漾,风从他身上吹过。他被流水和撞击惊吓得头晕目眩,每向前滚一码,他下滑的速度就变得越来越快。马斯克瓦从一开始就吓坏了,他在滑倒的瞬间就迸发出了一声声尖叫,一连叫了六声后,才惊觉了托尔。

马斯克瓦刚跌到一处十英尺高的陡坡,一股强劲的冲击力就猛地让他坠向湖面。陡坡是山顶上的流水必经之处,经由这个陡坡,流水就垂直倾泻入湖。只听"扑通"一声,马斯克瓦溅起一

---

① 指巨大岩石或石壁形成突出的、下方空旷的悬崖。

The Grizzly King
熊王托尔

大片水花，然后就消失在了湖面上。他慢慢地沉了下去，水底的一切又黑又冷，他感到窒息，喘不过气来；这时，大自然赋予他与生俱来的自救能力将他推出了水底。马斯克瓦身上厚厚的脂肪像救生圈一样让他浮出水面。他于是开始用四只脚像水桨一样不停地摆动划水。这是他第一次游泳，当他终于把自己拖上岸时，他已累得一瘸一拐，筋疲力尽。

当马斯克瓦仍然气喘吁吁地躺在地上时，托尔从岩石上走了下来。马斯克瓦非常害怕，他还记得，豪猪的长刺扎进他脚掌时，他的妈妈给了他一记响亮的耳光。每次他发生意外，妈妈都会给他一个耳光，因为她相信耳光是一剂良药。对马斯克瓦这只小熊来说，教育在很大程度上就是耳光。现在要是妈妈在身边，一定会给他一记响亮的耳光。但托尔只是闻了闻他的气味，看到他安然无恙，就径直走到一边开始挖狗牙堇了。

托尔的狗牙堇还没挖到一半，突然，他停了下来，像雕像那样一动不动地站了足有半分钟。马斯克瓦这时也跳了起来，抖了抖身子，他也在倾听。他俩同时都听到了远方传来的声音。大灰熊站立了起来，动作缓慢而优雅。他面朝北方，耳朵前倾，鼻孔里的肌肉敏感地抽搐着。他什么气味都没闻到，但他听到了声音！在他们之前爬过的山坡上，托尔隐约听到了一种对他来说陌生的声音，这种声音以前从未在他的生活里出现过。那是猎犬的吠叫声。

托尔蹲坐了两分钟，他整个身体上的肌肉都一动不动，只有鼻子上的肌肉在抽搐个不停。

通常，在山脚下的盆地深处，声音是很难传进来的。于是托

第十三章 血腥的战斗

尔快速地四肢着地,朝着南边的绿色山坡奔去。山坡的顶上,那群羊前一天晚上就睡在那了。马斯克瓦也急忙跟在他身后。

托尔往山坡上走了一百码,便停下来,转过身去。他又直立了起来。此刻,马斯克瓦也面向北方。突然,风向下吹来,猎犬的吠叫声更清晰地随风而至。

在不到半英里远的地方,兰登的一群训练有素的艾尔谷梗闻到了猎物的气味。他们的咆哮声充满了强烈的兴奋,这咆哮声就是告诉在他们身后四分之一英里远的布鲁斯和兰登,他们已接近猎物了。

闻到猎物的猎犬们兴奋不已,而猎犬们的叫声则让托尔和马斯克瓦愈加紧张。再一次地,托尔本能地意识到,又有新的敌人来到了他的领地。托尔虽然并不害怕,不过,本能促使他向后退去。他往更高的地方奔去,一直来到山谷上一个崎岖多石的断裂地带,托尔才又一次停了下来。

托尔这一次在静静地等待。他不知道危险是什么,但他知道危险正随着风的迅速吹拂而越来越逼近他们。他可以听到威胁声从盆地边的山坡上传来,那个山坡挡在了盆地与山谷之间。

山坡的顶部与托尔的视线几乎齐平,当托尔看过去的时候,那只领头的猎犬正从山坡走到了坡顶。他在坡顶上站了一会儿,在天空的映衬下,他的身影轮廓很清晰。其他的猎犬也紧随其后,跟了上来。在大约三十秒钟的时间里,他们直挺挺地站在坡顶上,俯视着脚下的盆地,嗅着盆地里托尔留下的浓重气味。

就在这同时,托尔目不转睛地盯着他的敌人三十秒,而在他深邃的胸膛里,怒火正慢慢地集聚起来。托尔继续往山上退,他

The Grizzly King
熊王托尔

没等那群猎犬冲进山坡下的盆地里，也没有等他们张口肆意狂叫。但托尔并不是在逃跑，他一点也不害怕。他要继续往前走，因为继续前进才是他的正事，他不想惹麻烦。他甚至不想捍卫自己对草地和山下小湖的所有权。还有其余的草地和湖泊，他天生就不喜欢打架。但他已经做好了随时战斗的准备。

托尔一路上发出了持续而沉闷的低吼声，心中那股莫名的愤怒也慢慢地升腾起来。他把自己隐藏在岩石堆中，沿着一个壁架在走，马斯克瓦紧跟其后；他爬上了一块巨大的岩石峭壁，在有半个房屋大小的巨石中穿梭前行。不过，他没有一次会选择走马斯克瓦无法轻易跟上的、难走的道路。有一次，当托尔从一个岩架①攀爬到另一个突起的砂岩缝时，他发现马斯克瓦根本爬不上去，便原路退回来，又选了另外一条路来走。

这会儿，猎犬的吠叫声已经响彻到盆地深处。接着，这吠叫声像疾风一样开始迅速上升。托尔知道这群猎犬正沿着绿色的山坡往上跑。托尔又停了下来，这一次，风给他带来的气味又浓烈又刺鼻。这种气味，使托尔庞大身躯里的每一块肌肉都绷紧了，在他心里激发了异样的怒火，并像熊熊的火焰一样快速燃烧。随着猎犬的气味飘来，也带来了人的气味！

托尔立刻加快速度往上奔跑，跑了一阵后，他们来到山腰上的一块平地，周围都是参差错落的巨石。猎犬的狂吠声似乎不到一百码远了。平地的前方，一边是一堵垂直耸立的石墙；另一边二十英尺远的地方，是一个一百英尺高的陡峭悬崖。一块巨大的从山肩上滚落下来的岩石阻挡在前面的通道上，只留下了一条与

---
① 指向外突出的岩石。

第十三章 血腥的战斗

托尔的身体差不多宽的裂缝。

大灰熊领着马斯克瓦靠近这块巨大的岩石，准备从裂缝中穿过去。托尔走在前面，他突然转过身，以便让马斯克瓦跟上来。面对即将降临到他们身上的危险，熊妈妈一般会选择把马斯克瓦赶到岩壁裂缝中的安全地带。托尔却没有这样做，他面对步步紧逼的猎犬，挺起了后肢，把身体直立起来。

托尔沿着通道走了二十英尺远，他突然快速地又绕回到垂直的巨石后。此时，托尔的眼睛喷着红色的怒火，非常可怕。他注视着他给猎犬设下的陷阱。

这群猎犬的吼叫声越来越大，他们来了！在离岩石突出处五十码外，猎犬们肩并肩地跑着。片刻之后，跑在最前面的几只猎犬冲进了托尔为自己选择的竞技场。大群猎犬紧随其后。前面的几只猎犬被托尔猛地击倒在他的脚下，一见这架势，猎犬们拼命地想及时停下跑动的步伐。

托尔一声怒吼跳到了猎犬们中间。他举起巨大的右臂左右伸展挥舞，在马斯克瓦看来，托尔已经把一半的猎犬都笼罩在他巨大的身躯下。只听"嘎吱"一声，他就把领头的那只猎犬的脊背给咬断了。随后，又仅用了一秒钟，他撕开了那只猎犬的脖子，猎犬的气管像一根红色的绳子被拖拽了出来。

托尔向前翻滚而去，趁着其余的猎犬还没来得及从惊慌失措中回过神来，他一掌重击，把一只猎犬拍打得直接飞过悬崖，坠入到一百英尺以下的岩石上。这一切都突发在半分钟之内，而接下来的半分钟里，剩下的几只猎犬已经散开了。

不过，兰登的猎犬都是些无所畏惧的斗士。每一只猎犬都被布鲁斯和梅托辛训练得骁勇善战,即使拽着耳朵把他们挂起来,他们也绝不会呜咽退让。虽然,刚刚这两只猎犬的悲惨命运惊呆了他们,但他们依然没有撤退,他们的"不离不弃"依然威胁着托尔。

随后,猎犬们把灰熊围在了中间,一个个像闪电一样在他周围迅速地旋转,他们都把前脚伸开,随时准备跳到一边或向后跳去,以躲开托尔突然的攻击。同时,他们发出了急切、猛烈的叫声,告诉猎人们,猎物已被围困。这也是猎犬的工作,骚扰和消耗猎物的体力,一次又一次地阻止或延缓猎物逃跑,直到主人前来完成最终的杀戮。对熊和猎犬来说,这是一次公平而刺激的战斗。然后,猎人会带着步枪赶来,以谋杀终结这场战役。

如果说猎犬有他们的狡猾伎俩,托尔也有他的应对招数。他往前冲击了三四次,徒劳无功,艾尔谷梗以其超快的速度灵活地避开了他的攻击。于是,托尔慢慢地向马斯克瓦躲着的那块巨石方向后退,他一步步朝后撤退,猎犬们则一步步向前逼近。

此刻,猎犬们的响亮叫声越来越频繁,托尔显然无法将他们赶走或将他们撕成碎片,这些都让马斯克瓦比以往任何时候都更加害怕,他突然转过身去,冲进了身后岩石的裂缝里。

托尔继续往后退去,直到他的大屁股碰到了巨石。他把头转向一边,寻找幼熊,可连马斯克瓦的一根毛也没看见。托尔又回过头去,左右看了看,还是没有马斯克瓦的踪影。于是,他便确信马斯克瓦已经逃走了。他继续往后撤退,一直退到了那条狭窄的通道边,这是他通往安全之所的后门。

猎犬们这时发疯似的狂吠起来,他们的嘴里淌着口水,他们

第十三章 血腥的战斗

瘦长的颈脊像刷子一样竖立起来，咆哮着露出雪白的尖牙和猩红的牙龈。

猎犬们一步步逼近托尔，不停地向他挑衅，阻止他往后撤退。他们引诱托尔往前冲，来攻击他们。猎犬们兴奋地朝前逼近，仅在自己身后留下了十码的距离。托尔一边退，一边目测并估算了一下猎犬们身后的这个距离，就像他几天前估测他和年幼的驯鹿之间的距离一样。接着，他连一声警告的咆哮都没有，就猛然向他的敌人扑去，这次始料未及的袭击吓得猎犬们疯狂往回逃窜。

托尔却没有停下脚步，他继续向前冲，进行反扑。在岩壁突出的地方，通道缩小到仅有五英尺，他已经提前预估了通道的距离和实际宽度。托尔跑着抓住了逃在最后的一条猎犬，把他压在巨掌下。当托尔撕扯他时，艾尔谷梗发出了刺耳的痛苦叫声，这叫声传到布鲁斯和兰登的耳朵里。此刻，他们正气喘吁吁地加速赶来。盆地与山坡之间的风都停滞了。

托尔趴在狭窄的小径上，当猎犬们又重新吼叫时，他就继续撕扯着那只倒霉的猎犬，直到岩石上沾满了鲜血、毛发和内脏。然后，托尔站起来，再次寻找马斯克瓦。这会儿，那只幼熊正蜷缩在两英尺深的裂缝里，吓得全身颤抖不止。托尔以为马斯克瓦已经上山了，所以，他立马就从战场上撤退了。风又吹了起来，布鲁斯和兰登大汗淋漓，他们的气味朝着托尔扑鼻而来。

十分钟里，托尔没有在意紧跟在他脚后的八条猎犬的吠叫声。他只是不时地停下来，把头转来转去。当他继续撤退时，艾尔谷梗变得愈发大胆。最终，其中的一只冲到了其他猎犬的前面，他的尖牙咬在了灰熊的腿上。这一举动无疑达到了吠叫未能达成的挑衅效果。托尔一声怒吼，转过身来，又去追逐猎犬，把猎犬在通道上往回赶了五十码远。随后，他继续向山肩走去，就这样浪费了宝贵的五分钟。

如果风来自另一个方向，那群猎犬的拖延计划就会大获全胜。但是，此时的兰登和布鲁斯正加速赶来，风给托尔带来了他们身体的温热气味，让托尔随时保持着警惕。灰熊小心翼翼地，每次都把握好风向。托尔本可以沿着通道后面的近路，更快捷、更轻松地跑上山顶，但这样的行走方案会让他闻不到风里飘来的人的气味。只要他顶着风走，他就会安然无恙，除非猎人们试图绕道而来或直接阻挡他的去路来扼杀他的逃跑计划。

托尔花了半个小时才到达山脊上那块最高的岩石，如果他从最高处踩着山上的页岩一侧，继续走上二三百码远，就可以到达山脉的分水岭。不过，这样一来，他就失去了岩石的掩护，把自己暴露在敌人的眼皮下。

托尔飞快地奔走起来，他突然加速，把猎犬们甩在了身后三四十码远的地方。有两三分钟，托尔在山上的身影清晰可见，尤其是最后一分钟，他走到了一片洁白的雪地上，身影被清晰地展现出来，四周没有一棵灌木或一块石头来遮挡一下山下猎人们的眼睛。

布鲁斯和兰登在五百码外看到了他，他们开始举枪射击。第一颗子弹紧贴着托尔的头顶飞了出去，发出了奇怪的尖声呼啸。紧接着，又传出步枪的噼啪声。第二枪射在托尔前面五码处，溅起一层积雪。托尔迅速地向右转身，正好使自己侧对着射手的方向。接着，托尔听到了第三声枪响——他中弹了。

第十三章　血腥的战斗

当枪声仍在峭壁和山峰之间回响时，托尔的颅骨被猛击了一下。就好像一根棍子从天上掉下来，落在他右耳后五英寸处。托尔像一根木头一样轰然倒下了。

这是斜擦而过的一枪，几乎没有流血，但有一瞬间枪声把大灰熊震昏了，正如一个人被击中下巴，打得头晕目眩一样。

托尔还没来得及从摔倒的地方爬起来，猎犬们就向他扑了上来，撕咬他的喉咙、脖子和身体。托尔怒吼一声，猛地跳了起来，把他们甩开。他凶猛地还击，兰登和布鲁斯站在那里听到了他的怒吼声，他俩的手指按在步枪的扳机上，等待着猎犬们拉开足够远的距离，好让他们做最后的射击。

托尔一路慢慢往上爬，一边咆哮着喝退狂乱的猎犬群，他此时已无视人类的气味、奇怪的雷声、灼热的闪电甚至死亡本身了。兰登在下面五百码的地方，当猎犬们紧跟灰熊，导致他无法开枪时，他绝望地咒骂起来。

嗜血的猎犬们一路紧紧追着托尔，反而像保护伞一样护送着他到了山顶与天空的交际线。在山顶，托尔消失了踪影。猎犬们也跟了过去，在那之后，叫声越来越微弱，大灰熊带着他们在一场漫长而激动人心的竞技中，迅速地远离了人类的威胁。而在这场竞技中，每一条猎犬都注定将有去无回。

第十四章　迷茫的困境

马斯克瓦在他的藏身之处，听到了通道边战斗的最后声音。岩石上的这条裂缝呈 V 字形，他把自己尽可能地挤进缝隙深处。在杀死第四条猎犬后，马斯克瓦从裂缝口看到托尔从他的避难所前经过；他听到了托尔爪子触地时的咔嗒咔嗒声。那时，托尔正向通道后面撤退。最后，他知道灰熊已经离开了，敌人也跟着他走了。

马斯克瓦现在还是不敢出来，这些奇怪的从山谷里冲上来的追击者使他充满了致命的恐惧。马斯克瓦不曾害怕过皮波纳斯库斯，就连托尔杀死的那只大黑熊也没有像这群红嘴唇、白牙齿的陌生怪兽那样让马斯克瓦胆怯。所以他决定继续躲在裂缝里，尽力挤到他能挤到的最里面，就像一团被塞进枪管里的东西。

就在马斯克瓦隐约还能听到猎犬远去的吼叫声时，一种离他更近的声音惊动了他，兰登和布鲁斯匆匆赶来。他俩绕过岩石的隆起处，一看到死去的猎犬，就瞬间停了下来。兰登惊恐地叫了

第十四章　迷茫的困境

一声。

兰登离马斯克瓦不到二十英尺。这是幼熊第一次听到人类的声音；他的鼻孔里也第一次嗅到充满男人汗味的气味。在新的恐惧中，他吓得几乎屏住了呼吸。然后，当一个猎人站在他藏身的裂缝正前方时，马斯克瓦见到了平生的第一个人。过了一会儿，猎人们都离开了。

再后来，马斯克瓦听到了枪声。从那以后，猎犬的叫声越来越远，直到最后他根本听不见了。当时大约是下午三点钟，正是山里的午睡时间，一切又都归于宁静。

很长一段时间，马斯克瓦一动都没动。他在倾听，可他什么也没听到。这会儿，另一种恐惧正在他心中滋长——失去托尔的恐惧。他每呼吸一口气都希望托尔会返回来寻找他。又一个小时过去了，马斯克瓦还待在岩石裂缝里。突然，他听到"吱吱，吱吱"的叫声，一只条纹小岩兔从岩架上跳了出来，马斯克瓦可以看到他，岩兔开始小心翼翼地观察着一只艾尔谷梗的尸体。小岩兔的到来给了马斯克瓦勇气。他竖起了耳朵，轻轻地啜泣着，仿佛祈求在这个孤独和恐惧的可怕时刻，他身边的这个小生命能认可他，和他友好。

马斯克瓦一点一点地从他的藏身之处爬了出来。终于，他探出了他那又小又圆的毛茸茸的脑袋。他环顾四周，很是空旷寂静，于是，他径直地朝着岩兔走去。这只满身条纹的岩兔尖叫一声，跑向了自己的藏身点，马斯克瓦又独自落单了。

有那么一会儿，马斯克瓦站在原处犹豫不决，嗅着空气。空气中充斥着浓浓的血腥味、人的气味和托尔留下的气味；他思考了一会儿，然后，转身向山上走去。

马斯克瓦知道托尔是朝哪个方向走的，如果小马斯克瓦有思想和灵魂的话，那么，他此时此刻只有一个愿望——找到他的大朋友，他的保护者。直到今天，对马斯克瓦来说，对猎犬和人类的恐惧，都是他生命中未知的东西；而相较于失去托尔，这份恐惧更胜一等。

马斯克瓦不需要用眼睛来追寻踪迹，他的鼻子很灵敏。他以最快的速度开始了艰难的登山之旅。有些地方，他的短腿很难爬上，但是托尔留下的气味很明显，在这些气味的鼓舞下，他勇敢而充满希望地一直往前行进。

马斯克瓦花了整整一个小时才到达裸露的页岩边，这片页岩一直延伸到山顶的雪地和天际线之间。这时，已经是下午四点钟了。马斯克瓦开始爬行他与山顶之间的最后三百码路程。他相信翻过山顶一定会找到托尔。他仍然感到很害怕，他一边勇敢地伸出小爪子攀上页岩，一边不住地低声啜泣着。

马斯克瓦走上页岩后，就没有再抬头看山顶了。他若是一边走，一边抬头瞧一瞧的话，他很可能就会害怕地停下来，转向侧面行走，因为上坡路实在太陡了。正因为这样，当马斯克瓦离到达山顶还有一半的路程时，他就没有看到兰登和布鲁斯正越过天际线向他走过来；他没有闻到他们的气味，因为风是向上吹，而不是向下吹。马斯克瓦甚至走到了积雪地带，都没有注意到兰登和布鲁斯的存在。他此时闻到了托尔留在雪地里的巨大脚印的气味，便高兴地跟着气味往前急走。此时，布鲁斯和兰登在马斯克瓦的上方等着，他俩蹲得很低，枪放在地上，每个人手里都拿着

第十四章　迷茫的困境

脱下来的厚厚的法兰绒外套。当马斯克瓦走到离他们不足二十码时，他们像雪崩一样，飞快地向他猛扑过去。

直到布鲁斯扑到他身边，马斯克瓦才反应过来，他看到并意识到了危险。当布鲁斯猛地向前冲来，把他的外套像渔网一样展开，就在快要被捉住的那最后五分之一秒时，马斯克瓦瞬间闪到了一边，躲过了这一扑。布鲁斯摔倒在地上，外套里裹起了一大堆雪，他紧紧地抱在胸前，一时间，他以为抓住了那只幼熊。与此同时，兰登也猛地冲了过来，却被他朋友的长腿绊倒了，让他在雪地里滑了个大跟头。

马斯克瓦靠短腿竭尽全力地狂奔下山。可转眼之间，布鲁斯就追了上来，兰登也跟在后面，离布鲁斯有十英尺远。

突然，马斯克瓦一个急转弯，而布鲁斯猛冲过来的惯性把他甩到了距离马斯克瓦三四十英尺以下的地方。瘦长的布鲁斯只能像一把剪刀一样并拢，脚趾、手、肘部，甚至肩膀，紧紧地抵在松软的页岩中，才控制住了往下滑行的脚步。

兰登紧跟着迅速转过方向，全力追赶马斯克瓦。他展开外套，脸朝下，扑向马斯克瓦。这时，幼熊又是一个急转身。兰登摔倒后站了起来，他的脸被擦伤了，从嘴里吐出了一把泥土和页岩碎片。

但不幸的是，马斯克瓦的第二次急转弯直接把自己送到了布鲁斯面前，不等他再次转身，他就被突然的黑暗覆盖了。布鲁斯用外套紧紧地包住了他，马斯克瓦感到窒息，随后，在他身边响起了胜利的喊声，又让他再次陷入恐慌。

"我抓住他了。"布鲁斯大声喊道。

马斯克瓦在外套里面又抓又咬，拼命咆哮着，把布鲁斯忙得不可开交。这时，兰登跑了过来，手里拿着第二件外套。很快，马斯克瓦就被包裹了起来，裹得就像一个北美印第安人的婴儿一样，四肢和身体被捂得严严实实，根本无法活动。只有他的头没有裹上，这是他唯一裸露在外的地方，也是他唯一能活动的部位。马斯克瓦的脑袋看起来圆鼓鼓的，露出恐惧和滑稽的表情，以至于有一两分钟兰登和布鲁斯大笑了起来，忘记了他们那天的损失和不快。

兰登坐在马斯克瓦的一边，布鲁斯坐在另一边。他们把烟斗装满烟叶，点燃抽了起来。马斯克瓦没有丝毫的反抗能力。

"我们可都是些壮实的猎人。"兰登说，"出来捕捉大灰熊，结果呢，就抓到了这么个小家伙！"

兰登看了看幼熊。马斯克瓦也注视着他，眼光很热切。兰登很惊讶，默默地坐了一会儿，然后他慢慢地从嘴里取出烟斗，伸出一只手。

"小熊宝宝，小熊宝宝，可爱的小熊宝宝。"他轻轻地哄着马斯克瓦。

马斯克瓦的小耳朵向前竖起。他的眼睛像玻璃球一样明亮。兰登没有注意到布鲁斯正在一旁期待地咧着嘴笑。

"小熊宝宝不会咬人——不——不——可爱的小熊——我们不会伤害小熊——"

紧接着下一刻，马斯克瓦一声狂吼，一口咬住了兰登的手指。吼声震动了山顶，针状的牙齿扎进兰登的那根手指。布鲁斯不怀好意地放声大笑起来，笑声足以把一英里外的猎物都吓跑。

第十四章 迷茫的困境

"你这个小魔鬼!"兰登喘着气,然后,当他吮吸着自己受伤的手指时,他也和布鲁斯一起大笑了起来。他接着说道:"他挺顽皮的——不服输呀。我们叫他'喷火器'吧,布鲁斯。说真的,自从我第一次进到山里,我就想要一只这样的幼熊。我要带他回家!这小家伙是不是看起来挺可爱的呀?"

马斯克瓦转过头去,仔细地端详着布鲁斯,头是他身体中唯一不像木乃伊那样僵直不能动的部位。兰登站了起来,回头看了看天际线。他的脸绷得紧紧的,表情很严肃。

"四只猎犬!"他说,好像在自言自语,"下面有三只,上面一只!"他沉默了一会儿,然后继续说:"我不明白,布鲁斯。这些猎犬曾经帮我们抓到过五十只熊,直到今天,我们还从未失去过一只猎犬呢。"

布鲁斯把一根鹿皮的皮绳缠在了马斯克瓦的腰上,并做了一个手柄,这样,他就可以通过手柄来提小熊,就像他提一桶水或一大块培根一样。布鲁斯站起来,马斯克瓦在绳子的末端摇来晃去。

"我们这回可遇到了一个捕猎高手。"他说,"一只食肉的灰熊是地球上最可怕的动物,无论是打斗还是狩猎。吉米,猎犬永远抓不住他的。如果天不快点儿黑下来,那群猎犬就回不来了。如果还有剩下的,他们会在天黑的时候停止追击。这个老家伙闻得出我们的气味,你可以打赌他知道是什么东西把他打倒在雪地上的。灰熊徒步走远了,而且他走得很快。当我们再次见到他时,至少离这里有二十英里远了。"

兰登上山去收拾猎枪。当他返回来的时候,布鲁斯用鹿皮的

The Grizzly King
熊王托尔

皮绳提着马斯克瓦,带头往山下走去。他们在血迹斑斑的岩石壁上停了一会儿,托尔曾在那里向围攻他的猎犬们发泄愤怒。兰登俯身弯腰,去看了看那只被灰熊拧断了脖子的猎犬。

"这是比斯库茨。"他说,"我们还一直以为他是这群猎犬中唯一的胆小鬼呢。另外两只是简和托伯;老弗里茨在山顶上。他们可是我们最好的三条猎犬呀,布鲁斯!"

布鲁斯正在看着悬崖下面。他向下指了指。

"那儿还有另外一只呢,从山上摔下去了!"他喘着气。"吉米,一共五只呢!"

兰登紧握拳头,低头凝视着悬崖边。他的喉咙里发出了哽咽的声音。布鲁斯明白他的想法。从他们站立的地方,他们能看到在他们脚下一百英尺处的悬崖下面,那只猎犬仰面朝天躺着,胸脯上有一块黑色斑记。只有一只猎犬身上有这样的标记,那是兰登最喜欢的猎犬,是他在营地的宠物。

"是迪克西。"他说。

兰登第一次感到一阵怒火席卷全身,当他转过身,返回小路时,他的脸色变得苍白。"布鲁斯,我现在有不止一个理由去抓捕那只灰熊了。"他补充道,"除非我杀了他,否则,就是野马也无法把我从这些山里拉走的。如果有必要,我会坚持到冬天来临。只要他不逃走,我发誓我会杀了他。"

"他不会离开的。"布鲁斯简洁地说,他又一次提起马斯克瓦,沿着小路摇摇摆摆地下山去了。

到目前为止,马斯克瓦从惊吓的状态中逐渐变得顺服了,他好像完全绝望了。他用尽全身每一块肌肉想动一下腿或活动一只

第十四章 迷茫的困境

爪子,都是徒劳无用的。他被绳子紧紧地绑住了,一点不能动弹。但是,马斯克瓦慢慢地意识到,当他随着绳子来回摇晃时,他的脸经常会磨蹭到敌人的大腿,他仍然可以用牙齿咬呀!他看到了自己的机会,他在等待。一会儿,布鲁斯从一块岩石上往下走时,迈了一大步,马斯克瓦的整个身体就在布鲁斯下山的这块岩石上停留了一秒钟。

说时迟,那时快,马斯克瓦立马一口咬下去了。咬得很深。如果兰登的尖叫会让一英里外不得安宁的话,那么布鲁斯发出的惨叫声至少比他响了一倍。这是马斯克瓦听到过的最疯狂、最毛骨悚然的叫声了,甚至比猎犬狂吠的声音还要可怕,马斯克瓦也吓得立刻松开了口。

但是,接下来,马斯克瓦再次感到困惑不解了。这两个奇怪的两足动物没有试图对他进行报复。被他咬了一口的那个人用单脚以一种古怪的方式上下蹦跳了大约一分钟;而另一个人呢,则坐在一块巨石上,双手捧着肚子,前俯后仰地摇晃着身子,还张大了嘴巴,发出了奇怪的喧闹声。过了片刻,另一个人就停止了蹦跳,也发出了同样奇怪的喧闹声。

对马斯克瓦来说,他不知道这是笑声。但这件事却让他意识到了两个真相:要么这些长相怪异的怪物不敢与他作战,要么他们非常平和,无意去伤害他。但是,他们此后便更加小心谨慎了。一到山谷,他们就把马斯克瓦用枪管吊在中间,两人抬着他一起走。

当他们走近一丛被篝火的火光映红的香脂树林时,天已经黑下来了。这是马斯克瓦第一次看到火。他还看到了一群马,这些

The Grizzly King
熊王托尔

马看起来体型庞大，甚至比托尔还要大。

这时，第三个人——印第安人梅托辛——出来迎接猎人。马斯克瓦发现自己被移交到了这个人的手中。马斯克瓦被放到篝火边，火光照着他的眼睛。一会儿，一个捕猎者过来紧紧地揪住了他的双耳，揪得他感到十分疼痛；另一个捕猎者在他的脖子上系了一条皮箍带作为项圈。然后，他们又将一根牵马的缰绳系在了这根皮箍带上，缰绳的另一端被拴在了一棵树上。

在这一系列操作过程中，马斯克瓦拼命地尖叫和挠抓。又过了半分钟，他身上的外套被解开了。他摇摇晃晃地站起身来，这时，他的四条腿已经被绑得麻木了，暂时失去了逃跑的力量。他只好露出小小的尖牙，使劲地朝着他们咆哮起来。

令马斯克瓦更加惊讶的是，他的吼叫对这帮人一点影响也没有，只不过让他们三个人——甚至那个印第安人都张开了嘴，发出了那些嘈杂而难以理解的喧闹声。他们喧闹的对象，就是那个被他在山上用牙齿咬住了腿而大喊大叫的猎人。对马斯克瓦来说，这一切都让他一头雾水，困惑不解。

第十五章　甜蜜的诱惑

没一会儿，令马斯克瓦大松一口气的是，兰登他们三人转身离开了他，开始忙碌自己的事去了。马斯克瓦觉得逃跑的机会来了，他使劲地拉扯绳子的另一端，结果差点把自己给勒得窒息而亡。最后，他只好绝望地放弃了。于是，马斯克瓦蜷缩成一团，趴在香脂树下，偷偷地开始观察营地。

在离他不到三十英尺远的地方生起了一堆篝火。篝火旁，布鲁斯正在帆布盆里洗手，兰登拿着毛巾在擦脸，而梅托辛则跪在靠近火堆的地上，手里拿着一根黑色的大木棒；木棒架在火堆上方，烤着肥美多汁的驯鹿肉排。很快，驯鹿肉排就发出了滋滋的冒油声和啪啪的喷溅声。一时间，香气四溢，浓郁的肉香味飘到了马斯克瓦那里。他周围的空气都弥漫着一股食物的诱惑气息。

兰登擦干脸后，打开了一罐东西——加糖的炼乳。他把白色的液体倒进一个盆里，然后端着盆，向马斯克瓦走去。幼熊试图在地面上站起来，但是却被绳子勒得颈部生疼。于是，他立刻爬上了树。他爬得很快,兰登都对他的速度感到吃惊。兰登把奶盆放在树下,放在马斯克瓦只要一下树就几乎会掉进去的位置。马斯克瓦咆哮着,唾沫溅在了兰登身上。

马斯克瓦待在树上,绳索套在他的脖子上。很长一段时间,猎人们都不再关注他了。他可以看到他们在吃东西,听到他们在计划一场新的对付托尔的行动。

"在发生今天的事情后,我们必须给他设个圈套,"布鲁斯说道,"吉米,不要再追着灰熊四处跑了。我们就算可以跟踪他到世界末日,他总会知道我们在哪儿的。"布鲁斯停顿了一会儿,听了听动静,又继续说道:"真奇怪,这些猎犬怎么到现在还不回来,我在想,他们不会——"

他看了一眼兰登。

"不可能!"后者一边看着同伴的表情,一边大声说道,"布鲁斯,你不会想说,那只灰熊把他们都杀光了吧?"

"我追捕过很多只灰熊,"布鲁斯平静地回答,"但我从来没有追捕过比这只更狡猾的了。吉米,他给猎犬设圈套,把他们困在了岩架上,他还凌虐那条在山顶上被杀死的猎犬。如果真是这样的话,他很容易把剩下的猎犬都逼到一个角落里——"

他暗示性地耸了耸肩。

兰登一言不发,静静地听着。

"如果天黑时还有猎犬活着,他们应该很快就会回到这里,"布鲁斯继续说,"对不起,我很遗憾,我们没有把猎犬留在营地里,我们不应该让他们上山的。"

布鲁斯冷笑着。

第十五章　甜蜜的诱惑

"这就是他们狩猎的命运，吉米。"他说，"你不该带着一群艾尔谷梗去猎杀灰熊，而且，你应该预料到，他们迟早会丧命。要怪就该怪我们选错了熊做对手，仅此而已。他打败了我们。"

"打败了我们？"

"我的意思是，他在一场公平的比赛中击败了我们，我们用猎犬去对付一个陌生的对手，这样做很不恰当。你真的想听听我的想法，去追捕他吗？"

兰登点了点头。

"你有什么好方法？"

"当你去追捕灰熊的时候，你必须放弃一些想法。"布鲁斯开始说，"尤其是当你遇到一个'杀手'的时候，你就得设计好方案。从现在到冬眠，时间不多了。灰熊无时无刻不在嗅着各个方向的来风，你知道为什么吗？他在闻我们的气味，然后根据气味绕道而行。我敢打赌，如果现在地面上有积雪，你会发现他每前进六英里就会回头走两英里，这样他就能知道任何跟在他后面的东西。他大部分时间都会在晚上行走，白天躺在岩石的高处睡觉。如果你想要继续狩猎，就只有两个选择，最好的那个选择就是继续赶路去抓捕其他的熊。"

"我不会这么做的，布鲁斯。我一定要逮住这只熊，你有什么好办法？"

布鲁斯沉默了一会儿才回答。

"我们应该把他的活动范围摸清楚。"他接着说，"从我们最早穿过的第一个裂谷开始，一直到进入现在这个山谷结束。大约二十五英里，全部是他的领地。他既不会去这个山谷以西的山脉，也不会去山谷以东的山脉,只要我们跟着他,他肯定会继续绕路兜圈子。这会儿,他应该正沿着山脉的另一侧往南走了。"

"我们会在这里待几天,保持不动,然后再出发。梅托辛会带着猎犬从那边的山谷穿过去,如果还有活着的猎犬的话。在同一时间,我们俩向南走,穿越这个山谷。我们一个在山坡上走,另一个在谷底走,我们得慢慢来。你懂了吗?"

"那只灰熊是不会离开自己的领地的,梅托辛离领地边界很近,等追上灰熊,就会把他赶向我们这边。我俩会悄悄躲藏起来,让他在野外觅食。到时候,这只灰熊放松了警惕,就会在我们俩中的一个人面前跑过,我们开枪还怕打不到他吗?"

"听起来不错,"兰登同意了,"我的膝盖受伤了,我也想休养几天呢。"

兰登的话音刚落,就突然传来铁链的嘎嘎作响声和草地上一匹马受惊后发出的响亮的鼻息声,他们俩立刻都站了起来。

"乌蒂姆!"梅托辛低声说,他黝黑的脸在火光映照中闪闪发亮。

"你说得对——那些猎犬回来了。"布鲁斯说,轻轻地吹着口哨。

他们听到附近灌木丛里有动静,过了一会儿,两只猎犬半趴着身子偷偷溜进了火光中,来到了猎人面前。他们有气无力地俯伏在猎人的脚下。接着,第三只和第四只猎犬也溜了进来。

他们不再是早上出发时的威风凛凛样了。他们的身体两侧都深深地凹陷下去;瘦长结实的颈脊也变平了;经过艰难的奔跑,他们的斗志消失了。他们知道自己被打败了,一个个看上去像受

第十五章　甜蜜的诱惑

到鞭打的土狗样；其中的一条猎犬，头部和喉咙处血迹斑斑。

第五条猎犬也从夜色里走了进来。他一瘸一拐地拖着一条撕裂的前腿。猎犬们全都趴在地上，好像在等待着接受主人的处分。

"我们被打败了，"猎犬们的姿势再清楚不过地说明了这个事实，"我们被那只灰熊打败了，现在就剩下这几只了。"

布鲁斯和兰登默默地看着他们。他们在听着外面的动静，在等着看还有没有其他的猎犬会回来。过了一会儿，两人相互看了看对方。

"还有两条猎犬也不在了。"兰登说。

布鲁斯转身走到一堆牛皮袋和帆布旁，抽出了拴狗的皮带。这时候，马斯克瓦还在树上，吓得浑身颤抖。就在离他几码远的地方，他又看到了那群龇牙咧嘴的家伙。它们之前露出尖牙利齿一路咆哮追赶着托尔，并把他逼得躲进了岩石的裂缝。马斯克瓦对人不再那么害怕了。人并没有试图伤害他，当有人经过他身边时，他不再颤抖，也不再咆哮了。但是，猎犬简直就是恶魔。他们与托尔交战。他们一定打败了托尔，因为托尔已经逃走了。

马斯克瓦趴在一节树杈上，绑他的那棵树不过是一棵小树，离地面也就五英尺高。当梅托辛领着一条猎犬从他身边经过时，这只艾尔谷梗看见了他，突然往上猛地一跳，挣脱了印第安人手上的皮带。他这一跃几乎就跳到了马斯克瓦所在的高度。当这只猎犬正要准备再次起跳时，兰登忽然向前冲了过来，恶狠狠地吼了一声，他一把抓住了猎犬颈部的项圈，控制住了他，用皮带的另一端狠狠地抽打了猎犬一下。然后，兰登就把他带走了。

兰登的这一举动比以往任何时候都更让马斯克瓦感到诧异。

兰登救了他,还打了那只红嘴白牙的恶魔,现在,这些恶魔都被套上绳子,被牵走了。

兰登拴好猎犬回来后,就在马斯克瓦待的树旁停了下来,试着和他说话。兰登的手伸到离马斯克瓦不到六英寸的地方,马斯克瓦没有咬他的手了。接着,马斯克瓦突然感到一阵奇怪的兴奋感袭来。他稍稍转过头,发现兰登居然大胆地把手放在了他毛茸茸的背上,轻轻地抚摸着。他没有觉察到一丝疼痛!就连马斯克瓦的妈妈也从来没有这么温柔地把爪子放在他身上呀!

在接下来的十分钟里,兰登抚摸了他六次。一开始的三四次,马斯克瓦还亮出他两排白晃晃的尖牙齿,不过他没有发出任何声音。渐渐地,他甚至都不再张嘴龇牙了。

随后,兰登离开了他,过了一会儿,兰登又回来了,带了一大块生的驯鹿肉。他把肉贴到马斯克瓦的鼻子边。马斯克瓦能闻到驯鹿的气味,但他往后退缩了一步。最后兰登把肉放在树下奶盆的旁边,回到了布鲁斯正在吸烟的地方。

"不出两天,他就会吃我手里的东西了。"他说。

没过多久,营地就变得异常安静了。兰登、布鲁斯和印第安人都钻到各自的毯子里,很快就睡着了。篝火烧得越来越小。很快,就剩下一根木头在冒着青烟。一只猫头鹰在树林深处低声叫唤,山谷和群山的嗡嗡声在宁静的夜晚里起伏回荡,星星也变得更亮了。马斯克瓦听到远处一块巨石滚下山坡时发出的隆隆声。

马斯克瓦此时不再感到害怕了。除了他自己,一切都安静了,大家都睡着了。他开始很小心地准备爬下树。在他快滑到树底时,爪子一松,一半的身子就掉进了装炼乳的盆里。一些炼乳就溅到

第十五章　甜蜜的诱惑

了他的脸上，马斯克瓦不由自主地伸出舌头舔了舔，他尝到了甜甜的黏稠的味道，顿时一种意料不到的快乐油然而生。他舔了舔自己的嘴巴，就这样舔了一刻钟。然后，他那双明亮的小眼睛贪婪地盯着奶盆，仿佛这美味佳肴的吸引力刚刚涌现到他的脑海里。于是，他谨慎地走近奶盆，围着它转了半圈，然后又走到另一侧，再转了半圈，身体的每一块肌肉都准备好了，一旦这个奶盆跳了起来，他就可以快速向后跳开。最后，当他的鼻子碰到了奶盆里那又浓又香的炼乳时，他立刻伸出舌头去舔，直到最后一滴舔完，他才抬起头来。

别看马斯克瓦小，可他的小脑袋灵活。炼乳①是驯化马斯克瓦的一个最大因素。正是炼乳让他把这个环节与某些事情联系起来了。马斯克瓦知道，是兰登那只轻轻抚摸过他的手，把这奇异而美妙的美食放在了他的树下，也是那只手，曾经给过他肉吃。马斯克瓦并没有吃肉，而是又去舔奶盆的里面，直到把奶盆舔得在星光下像镜子一样闪闪发亮。

虽然马斯克瓦喝了炼乳，但他仍然想逃走。不过，他的努力逃跑不像以前那样疯狂和不理智了。以往的这些经历教育了他，使他明白了，被皮绳拴着，无论怎么跳跃和拉扯都是徒劳无用的，现在他开始咬绳子。如果他只对准一个地方啃咬，他可能会在天亮之前就能获得自由；然而，当他的嘴巴咬得累了，他便停下来休息了一会；当他重新又开始啃咬时，他通常换到了绳子上的一个新地方咬。这样到了午夜，他的牙龈开始疼痛，他只好放弃了努力。

---

① 炼乳是将鲜乳浓缩后的乳制品，再加入蔗糖装罐制成的。

The Grizzly King
熊王托尔

马斯克瓦紧紧靠在树边,一旦有危险迹象出现,他就准备立马爬到树上去。他一夜未睡,等待着天亮。尽管马斯克瓦没有当初那么害怕了,但他还是感到非常孤独。他想念托尔,他伤心地低声哭泣着,声音很轻微,以至于几码外的人,即便醒着,也听不到他的呜咽。如果皮波纳斯库斯来到营地,他一定会高兴地迎接他。

天亮了,梅托辛第一个从毯子里钻了出来。他生了一堆火,把布鲁斯和兰登也吵醒了。兰登穿好衣服后就去看了一眼马斯克瓦。当他发现奶盆被舔得干干净净时,他高兴地把发生的事情告诉了大家。

一大早,马斯克瓦在树上蜷缩成一团,兰登再次用手挠了挠他的背。然后兰登从一个牛皮袋里拿出另一个罐子,直接当着马斯克瓦的面打开。这样,马斯克瓦就可以看着乳白色的液体被倒入盆中。兰登把盆端起来,举到马斯克瓦面前,他端得太近了,炼乳都沾到了马斯克瓦的鼻子上,马斯克瓦忍不住伸出舌头。不到五分钟,他就直接伸进兰登端的盆子里大吃起来!不过,当布鲁斯过来观看时,马斯克瓦露出了尖牙,冲他大声地咆哮着。

"熊是比狗更好的宠物,"过了一会儿,布鲁斯在吃早餐时肯定地说,"过几天,他就会像小狗一样跟着你到处转悠,吉米。"

"我开始喜欢这个小家伙了。"兰登回答,"布鲁斯,你跟我讲讲詹姆逊和他的熊是怎么回事?"

布鲁斯说:"詹姆逊住在库特奈郡。他是个真正的隐士,我想你会这么称呼他的。他常年居住在山上,一年只出山两次购买食物。他养了只灰熊做宠物。他养了很多年了,这只灰熊和我们要

第十五章 甜蜜的诱惑

追的那个家伙一样体型庞大。他是从小熊崽时就开始养的，当我看到那只灰熊时，已有一千磅了。詹姆逊走到哪儿，他就跟到哪儿，像条狗一样跟着。灰熊甚至还和他一起狩猎，他们一起睡在同一堆篝火旁。詹姆逊喜欢熊，他从来不猎杀熊。"

兰登沉默了。过了一会儿，他说："布鲁斯，我现在开始渐渐喜欢上熊了。我也不知道为什么，但熊的某些特质是挺让人喜欢的。我不想再开枪猎杀他们了——也许在我们抓到这个杀戮猎犬的凶手后，我就不会再开枪了。我断定，他会是我杀的最后一只熊。"突然，兰登紧握双手，愤怒地接着说道："想想吧，在自治领或边境以南，没有一个省，也没有一个州，规定了禁止猎熊的时节，这简直是一种暴行，布鲁斯。熊被归类为有害动物，一年四季遭到捕杀。即便在他们冬眠的时候，连同他们的幼崽都一起从巢穴中被挖出来——天哪！我也是帮凶，我帮着他们把熊挖出来了！我们是野兽，布鲁斯。有时候，我甚至认为人只要带着枪就是犯罪。然而，我还在继续杀害他们。"

"这是我们的本性。"布鲁斯有些无动于衷，他笑着说，"吉米，你知道，谁不爱看另一个生命的消亡呢？要是有人被绞死，如果有机会，会不去围观吗？难道人们不会像秃鹰围着一匹死马一样闹哄哄地去看一个在岩石或机车引擎下被碾成肉泥的人吗？为什么，吉米，如果没有对法律敬畏的话，我们人类是会为了取乐而相互杀戮的！我们会的。因为我们人类天生就喜欢杀戮。"

兰登沉思道："我们把这一切都归咎于野蛮的创造，并自认为理所当然。不管怎么说，如果我们或我们的后代有一两个人在战争中丧生，也不值得得到太多的同情和慰问，不是吗？也许你说得对，布鲁斯。既然我们不能在任何时候都因为喜欢杀戮而合法地杀害我们的邻居，那么老天爷才会时不时地给我们发起战争，以暂时缓解一下我们的嗜血欲望。喂，这只幼崽现在在忙些什么呢？"

马斯克瓦一不小心从树上掉落下来，屁股朝上，在那儿倒吊着，像被绑在绳子末端，即将接受绞刑的受害者那样四脚悬空着。兰登奔过去，直接用手抓住他，把他托着越过树杈，放到了地上。马斯克瓦这回没有咬他，甚至没有哼唧一声。

那天，布鲁斯和梅托辛离开营地，去向西的山谷里查看了一整天。兰登被留了下来，前一天撞在岩石上的膝盖需要养伤。他大部分时间都和马斯克瓦待在一起。到了中午，他打开了一罐做煎饼用的糖浆，端着糖浆绕着树转来转去，却不让马斯克瓦碰到，引诱得幼熊跟着他四处转，使劲地去够他手中的糖浆。兰登坐了下来，马斯克瓦爬到他的膝盖上，去抓糖浆吃。

以马斯克瓦现在的年纪，兰登很容易就能赢得他的感情和信任。小黑熊很像人类的小婴儿：喜欢喝奶，喜欢甜食，喜欢拥抱任何对他示好的生物。小熊应该算是最可爱、讨人欢心的四腿动物——长得圆滚滚、毛茸茸的；摸起来，毛发又柔软又蓬松；而且非常地活泼有趣，他能让身边的每一个人都保持愉快的心情。兰登那天不止一次地笑到眼泪都流了出来，尤其是当马斯克瓦执着地一次次爬上他的腿去够糖浆的时候。

至于马斯克瓦，他已经疯狂地痴迷于糖浆了。他不记得妈妈曾给他吃过这么好吃的东西；除了鱼，托尔也没有找到比糖浆更好吃的美味了。

第十五章 甜蜜的诱惑

下午晚些时候,兰登解开了拴着马斯克瓦的绳子,领着他到小溪边去散步。兰登端着放糖浆的餐盘,每走几步,他就会停下来让幼熊尝一尝盘子里面的东西。经过半个小时这样的操作,兰登就完全松开了绳子,自己往营地走去。而马斯克瓦,紧跟在他身后!马斯克瓦再没了逃跑的心思,这是一大胜利!兰登的心里涌动着一种从未有过的快乐,这是他在户外生活中第一次体验到的兴奋。

梅托辛回来的时候,天已经很晚了,兰登很惊讶地发现布鲁斯还没有露面。天黑了,他们生起了一堆篝火。一个小时后,他们正在吃晚饭,布鲁斯走了进来,肩上扛着什么东西。他把那东西往地上一扔,马斯克瓦就躲藏在那儿的一棵树后面。

"像天鹅绒一样细滑的皮,还有一些肉,可以拿来喂狗。"他说,"是我用手枪打到的。"

布鲁斯坐下来开始吃东西。过了一会儿,马斯克瓦小心翼翼地靠近躺在地上离他三四英尺远的东西。他闻到了熟悉的气味,一种奇怪的战栗迅速掠过他的全身。然后,他一边轻轻地呜咽着,一边用嘴蹭着地上那家伙柔软的,还有生命余温的皮毛。在那之后的一段时间里,马斯克瓦非常安静。

布鲁斯带回营地,扔在树下的猎物,是小熊皮波纳斯库斯的尸体!

第十六章　绝望的重逢

　　那天晚上，马斯克瓦又感受到了巨大的孤独。布鲁斯和梅托辛在山上行走了一整天，非常地疲惫，他们早早就上床睡觉了，兰登随后也睡下了。皮波纳斯库斯一直躺在布鲁斯回来扔的那个地方。

　　马斯克瓦在见到皮波纳斯库斯后，就几乎一动也不动了。他的心跳得很快，他还不知道死亡是什么，也不知道死亡意味着什么。因为皮波纳斯库斯的身体尚有余温，触碰时还很温暖很柔软。所以，马斯克瓦确信皮波纳斯库斯片刻之后会动起来。他现在不想跟皮波纳斯库斯打架了。

　　夜色渐浓，四周非常安静，星星布满了天空，篝火也越烧越小；但皮波纳斯库斯却始终没有动弹。一开始，马斯克瓦只是轻轻地闻闻他，拉拉他柔软的毛发，接着，马斯克瓦就轻轻地呜咽起来，好像在说："我不会再跟你打架了，皮波纳斯库斯！醒醒吧，我们做朋友吧！"

第十六章 绝望的重逢

然而,皮波纳斯库斯还是纹丝不动,最后,马斯克瓦放弃尝试了,不再期盼把他唤醒了。可他仍然呜咽着,似乎在对着皮波纳斯库斯哭诉:这个曾在绿草地上和他追逐嬉戏的胖乎乎的小对手,自己是多么后悔曾经欺负过他。随后,马斯克瓦紧紧地依偎在皮波纳斯库斯身边,很快就睡着了。

第二天早上,兰登第一个起床。他走了过来,想看看马斯克瓦晚上的情况。突然,他停住了,呆立了整整一分钟,一动也不动。然后,他的嘴里传出了一声低沉而奇怪的叫喊。只见,马斯克瓦和皮波纳斯库斯紧紧地依偎在一起,那只已死的幼熊的一只小爪子还环抱在马斯克瓦身上。很显然,这是马斯克瓦干的。他是在尽可能地营造皮波纳斯库斯还活着的情景。

兰登静静地走到布鲁斯睡觉的地方,一两分钟后,布鲁斯揉着眼睛,跟他一起过来了。然后,布鲁斯也盯着两只小熊看了一会,愣着没说话。接着,两人互相看了看。

"狗要吃肉,"兰登气鼓鼓地说,"你把他带回来,就是为了让狗有肉吃,布鲁斯!"

布鲁斯没有回答,兰登也没再说什么,在那之后的一个小时里,两人都没怎么说话。一会儿,梅托辛走了过来,把皮波纳斯库斯拖走了。皮波纳斯库斯没有被剥皮,也没有被喂猎犬,而是放进河边的一个洞里埋了,上面覆盖着沙子和石头。至少,布鲁斯和兰登能为皮波纳斯库斯做的也就这么多了。

这一天,梅托辛和布鲁斯又一次越过了山脉。回来时,他们带回了一些石英碎石,这些碎石里面夹杂有明显的金子颗粒,他们的行囊里带有淘金的装备。

兰登继续训练着马斯克瓦。有几次，他把幼熊带到猎犬附近，当猎犬咆哮着要挣脱皮带冲过来时，兰登就用皮带鞭打他们，直到猎犬们都明白了，马斯克瓦虽然是一只熊，但绝不能受到他们的伤害。

第二天下午，兰登解开了拴在幼熊身上的绳子，小家伙逐渐听话了。当兰登想要再次拴起绳子时，他毫不费力地就把马斯克瓦给抓了回来。第三天和第四天，布鲁斯和印第安人又去勘探了山脉以西的山谷，最终他们确定，他们发现的金色的东西只是洪水漂流物的一部分，压根不具备带来任何财富的价值。

到了第四个晚上，碰巧乌云密布，天气寒冷，兰登尝试着带马斯克瓦上床睡觉。本来，他以为会很麻烦。但是，马斯克瓦像小猫一样安静，一旦他为自己找到了一个合适的角落，他几乎就一动不动地躺到了第二天早上。夜晚有一段时间，兰登睡着了，他的一只手就搂着幼熊柔软又温暖的小身子。

根据布鲁斯的规划，是时候该去继续追捕托尔了。然而，兰登的膝盖状况恶化，打断了他们的计划。兰登行走不能超过四分之一英里，接下来的路程，就必须骑行。可就算被迫坐在马鞍上，骑马的姿势也给他带来了巨大的痛苦，因此接下来的几天都无法继续狩猎。

"再过几天也没什么坏处。"布鲁斯安慰道，"如果我们让老家伙多些时间休息，他可能反而会降低警惕的。"

接下来又过了三天，对兰登来说并非毫无益处和乐趣。马斯克瓦教给他的关于熊，尤其是幼熊的知识，比他过去所了解的还要多，他做了大量的笔记。

第十六章　绝望的重逢

现在，所有的猎犬都被关在树林里，离营地有三百码远。幼熊渐渐地获得了更多的自由。他没有试图再逃跑，并且他很快发现布鲁斯和梅托辛也是他的朋友。但兰登是唯一会跟在他身后的人。

在追捕托尔的第八天早上，布鲁斯和梅托辛带着猎犬骑马进入了东边的山谷。梅托辛要赶一天的路，布鲁斯计划当天下午返回营地，这样一来，接下来的第二天他就可以和兰登一起在山谷里追捕托尔了。

这是一个美好的清晨。一股股凉风从北面和西面吹来，让人心情愉悦。九点钟左右，兰登把马斯克瓦拴在树上后，他就套上马鞍，独自骑马进了山谷。他无意去打猎，仅仅想在风中骑行，一边呼吸着凉爽怡人的风，一边欣赏着群山的壮丽景色。这也是一种乐趣。

兰登向北行驶了三四英里，来到了一个宽阔而低矮的山坡。这个山坡穿插进山脉，向西延伸。他突然有了去另一个山谷观赏的欲望，于是，他便决定上山。由于膝盖伤没有给他带来任何麻烦，他沿着一条"之"字形的路线向上骑行，不到半个小时就到达了山顶。

在这里，一个又短又陡的斜坡迫使他下马步行。等到了山顶上，他发现自己站在一片平坦的草地上，草地的两边都被劈开的山脉裸露的岩壁所包围。在前面四分之一英里的地方，他看到草地突然连接到了一截斜坡，斜坡的下面正是他试图寻找的另一处山谷。

在这块四分之一英里长的草地上，有一处他没有注意到的洼地，当他走到洼地边缘时，松软的泥土让他猛地一下栽倒在地，脸朝下。他就这样一动不动地躺了一两分钟，然后，他慢慢地抬起头来。

在离他一百码远的地方，有一群山羊聚集在山谷的一个小水塘附近。有三十多只，大多数是带着幼崽的母羊。兰登只能辨认出羊群里有两只是公山羊。他静静地躺了半个小时，观察着他们。其中一只母羊带着她的两个孩子往山那边去了，另一只母羊跟在后面。看到整群羊要离开了，兰登迅速站了起来，快步地向他们跑去。

一时间，兰登的突然出现让母羊、公羊和小羊崽们惊呆了。他们相互对看着，仿佛一时失去了奔跑的力量，直到兰登跑到距离他们一半的地方，他们才回过神来，陷入了巨大的恐慌之中，朝着最近的山那边跑去。他们的蹄子很快就开始在巨石和页岩上发出咔哒咔哒的声音。在接下来的半个小时里，兰登听到了羊蹄在峭壁和山峰之间松动的岩石上发出空洞的隆隆声。过了一会儿，他们随即变成了天际线上的许许多多的小白点。

兰登继续往前走，几分钟后，他看到了他要找的另一个山谷。在这个山谷的南面，一块巨大的岩石挡住了兰登的视线。岩石不是很高，兰登准备爬上去。可是，在他爬得快到顶部时，脚被一块松动的石块绊了一下，接着，他就摔倒在地，步枪也被重重地甩到了一块巨石上。

兰登所幸没有受伤，只是膝盖的旧伤让他觉得有点轻微的刺痛。但是，他的步枪摔坏了。靠近枪膛后边的枪托被岩石撞裂了，他用手一摆弄，就把枪托完全折断了。

第十六章 绝望的重逢

这次突发事件并没有对兰登的心情造成太大的影响,他在行李里多带了两把步枪。于是,他继续沿着岩石往上爬,直到他来到一个很宽阔、光滑的岩脊上。岩脊的四面被山上凸起的砂岩尖角环绕着,再往前走一百英尺,他发现岩脊的尽头是一堵垂直的岩石墙。然而,从这儿望去,视野非常开阔。他可以看到南部两个山脉之间广阔的乡村景色。兰登坐了下来,拿出烟斗,一边吹着风,一边欣赏着脚下壮丽的景观。

透过望远镜,兰登可以看到好几英里之外的风景,他所看到的是一个至今尚未有人类涉足的地方。在距离兰登不到半英里的远方,一群驯鹿正从山谷的谷底走出来,缓缓地向西边的绿色山坡迈去。他看到了许多松鸡,它们色彩斑斓的翅膀在阳光的照射下闪闪发光。不一会儿,在两英里之外,兰登又看到羊群在一片草木稀疏的山坡上吃草。

兰登想知道,在加拿大广阔的山脉中究竟有多少个这样的山谷,从大海延伸到草原,从北到南延伸了一千多英里。他自言自语,也许有成百个,也许有上千个吧!每一个美妙的山谷都是一个完整的世界,充满了生机,有自己的湖泊、溪流和森林,当然也有自己的欢乐和悲伤。

兰登凝视着脚下的这个山谷,它和其他山谷一样。同样有柔和的嗡嗡流水声在回荡,同样有温暖的阳光在闪耀;然而在这里,却有一种不同的生活。兰登用肉眼能模糊地看到,远在西边和北边的山坡上,好几只熊在各自游走忙碌。这里是一个全新的领域,充满了不一样的希望和神秘。兰登沉浸在美丽的自然风光中,他忘记了时间,也感觉不到饥饿。

The Grizzly King
熊王托尔

在兰登的眼中,这些成百上千的山谷对他来说永远不会变老。他可以一直漫游在山谷里,从一个山谷走到另一个山谷,每一个山谷都有其独特的魅力,有特别的秘密需要揭开,有不同的生活需要适应。对兰登来说,所有的山谷基本上都是难以捉摸的;它们神秘莫测,就像生命本身一样神秘。在几个世纪的漫长岁月中,它们把自己的宝藏藏匿了起来,与此同时,这流淌了数百年的山间溪水,孕育出了众多的生命,也接纳了无数的亡灵。当兰登望向阳光照耀的树林和山脉时,他想知道这个山谷发生了什么样的故事。如果山谷本身能够讲述的话,它将会填满多少册书呀。

兰登知道:首先,山谷会低声述说世界的诞生;它会讲述海浪被撕裂、扭曲和被抛掷到一边的故事——讲述世纪初始的亿万年间,那些奇奇怪怪的故事。那时没有黑夜,只有白昼;奇特而巨大的怪物大步前行走过的地方就是他现在看到的驯鹿在溪边饮水的地方,巨大的有翼生物——半鸟半兽——挥动翅膀横扫过的地方,就是他现在看到的雄鹰翱翔的天空。

然后,山谷会讲述世界的变迁——当地球绕着它的轴线旋转发生倾斜和偏移时,夜幕降临了,热带的地方瞬间变成了一个寒冷之地,原先的生命消失了,新的物种诞生了,遍布了山谷的里里外外。

接着,兰登在想,一定是又过去了很多年很多年,山谷有了第一只熊,他取代了猛犸象、乳齿象和曾经与他们相伴的其他怪物巨兽。这里的第一只熊应该就是他和布鲁斯第二天要去猎杀的大灰熊的祖先吧!

兰登正沉浸于他的思绪中,以至于根本就没有听到身后的响

第十六章 绝望的重逢

动。不知什么东西突然惊醒了他。

就好像是他刚才在脑海里构思的一个怪物，在他身边吐了一口气。暖暖的气息让兰登慢慢地转过头去，下一刻他的心脏似乎停止了跳动；血液在他的血管里也变得冰冷而毫无生气了。

隔着岩壁，离他不到十五英尺的地方，托尔，他的血盆大口张开着，脑袋慢慢地左右摇晃，看着这个被他困住的敌人。就在那一两秒钟内，兰登的手下意识地抓紧了他那把破损的步枪，他断定：这下，他彻底完蛋了！

第十七章　意外的宽恕

惊吓之中，兰登叫不出声来，他看到那只可怕的灰熊正盯着他，他只能发出断断续续、粗重的呼吸声。这令人窒息的场面持续了十秒钟，如同几个小时那样漫长。

接着，冲入他脑海里的第一个念头是，他完了——彻底地完蛋了。他甚至无路可逃，因为岩壁就抵在他身后；他也不能向山谷里纵身一跳，因为这边的悬崖峭壁有一百英尺高。这次，他与死亡面对面了，死得恐怕比那些猎犬还要惨。

然而，即便在这最后的时刻，兰登并没有完全沉浸在恐惧中。他竟然注意到了这只复仇的灰熊因愤怒而发红的双眼。他看到了灰熊背上裸露的疤痕，这是他的一颗子弹射中后留下的；他也看到了托尔前肩上的弹孔，这是他的另一颗子弹击穿后的印迹。当兰登观察着托尔身上的伤痕时，他相信，托尔就是故意来跟踪他的，这只可怕的灰熊沿着岩脊，一路跟踪他到这儿，把他逼到绝境。这样，他兰登就必须偿还曾施加给这只灰熊的所有的伤害和

第十七章　意外的宽恕

痛苦了。

托尔向前——仅仅迈了一步。然后，他直起后肢，缓慢而优雅地站立起来。兰登，即使是在这样的生死时刻，心里还在感叹着，这只灰熊真是雄壮威武啊！兰登不敢动一下，他直勾勾地盯着托尔。他已经暗下决心，只要这头巨兽向前猛冲过来，他就会随即跳下岩脊。自己跳下去或许还有千载难逢的一线生机呢。他说不定会掉到一个壁架上，或挂到一根伸出的树枝上。

可是，托尔……

突然间——完全出乎意料之外——托尔走到了这个人的身边！这就是那个追捕过他的动物，这就是那个伤害过他的动物吗——此刻，这个家伙就在眼前，距离如此之近，只要他伸出爪子就能把兰登捏得粉碎！而现在兰登看上去是多么虚弱、多么苍白、多么瘦小！之前那奇怪的雷声在哪儿？那燃烧的闪电又在哪儿？这家伙为什么一点声音都发不出来了呢？

即便是一条猎犬，也会比这个动物反应更强烈吧。猎犬会露出他的尖牙，会咆哮，会搏斗。这个家伙却什么动作都没有。慢慢地，托尔的大脑袋里闪过一丝疑惑，真的是这个人伤害过自己的吗？此时，他蜷缩成一团，人畜无害的模样，还一副见了他，害怕得要命的神情。他又嗅了嗅，闻到了浓烈的人的气味。不过，这一次，这股气味却没有给他带来任何伤害。

于是，慢慢地，托尔将身子垂下，四肢着地，目不转睛地看着那个人。

兰登但凡动弹一下，肯定早就送命了。不过，托尔跟人不一样，他没有那么残忍。他又等了半分钟，看兰登会不会伤害他，某些危险的迹象会不会再次发生。可是，什么都没有，他感到非常困惑。他于是把鼻子贴向地面，仔细地嗅着，兰登看到灰熊鼻子里的热气把地面上的灰尘都搅动得飘浮了起来。然后，托尔抬起头来，看向兰登，又过了漫长而可怕的三十秒，熊和人对视着。

随后，托尔慢慢地半转过身去，充满疑惑地吼了一声。接下来，他把嘴半闭了起来。在托尔看来，他完全没有必要去跟兰登打上一架。因为岩石上的这个瘦弱家伙，此时，面色苍白、蜷缩成一团，一动不动，没有任何打斗的意图。况且，托尔发现岩脊被山壁隔断了去路，自己不能继续再往前行走了。倘若兰登的身后不是这面山壁，而是一条小径，那么情况就可能截然不同了。此刻，托尔慢慢地向他来时的方向走去了，渐渐地消失在兰登的视线中。他走路时，巨大的脑袋低垂着，长长的爪子碰在岩石上，发出咔嗒咔嗒的声音，就像象牙响板的清脆拍打声。

直到这一刻，兰登才感觉自己又能正常呼吸了，心脏也恢复了跳动。他情不自禁地深吸了一口长气，重新站了起来。双腿似乎还在发软，很是衰弱无力。他稍稍等了会，一分钟，两分钟，三分钟；接着，他小心翼翼地溜到岩脊的拐弯处，向刚才托尔绕行消失的地方走去。

岩石里一片空旷寂静，兰登沿着自己来时的路，向草地走去。他一边走，一边四处观察，手里还紧紧地攥着损坏的步枪。当他走到草地边缘时，他立马躲到一块巨石的后面。

在距离他三百码远的地方，托尔正缓慢地爬过坡顶，向东边的山谷走去。直到这头灰熊再次出现在山谷更远处的另一个山脊

第十七章　意外的宽恕

上，然后又看不到他的踪影后，兰登才从岩石后走出来，继续往前行。

当他回到拴马的斜坡时，托尔已经完全消失在视线中了。那匹马还待在他刚离开的地方。直到骑上马，兰登这会儿才觉得自己是真的安全了。他笑了起来，发出一阵神经质的、断断续续的却也开心愉悦的笑声。他一边扫视山谷，一边把烟斗装满新鲜的烟叶。

"你这个伟大的熊神！"兰登低声说道，这是他今天遇到托尔后，第一次开口发出声音，他浑身上下的每一个细胞都激动得直发抖。"你——你这个大怪物！你的心，比人的心还宽广啊！"兰登仿佛没有意识到自己在说话，又低声继续呢喃道："如果我像那样把你逼到角落，我肯定会杀了你的！而你，你把我逼到了死角，却又放了我，给了我一条生路！"

兰登骑马向宿营地奔去。这一路上，他思绪万千。他感受到了，正是这一天，发生的这一切，使他发生了巨大的改变。这一天，他遇见了群山之王；他与死神面对面；然而，在最后一刻，这个他曾追捕并造成伤害的四足动物，大发慈悲地放过了他。他知道，布鲁斯不会明白，布鲁斯也无法理解他的这一变化。但是，这一天和那一刻却给兰登带来了非凡的意义。他在有生之年都不会忘记的。兰登知道，从今往后，他永远都不会猎杀托尔了，也不会再猎杀任何一个托尔同类的生命了。

兰登回到宿营地，给自己准备了一些晚餐，他吃东西的时候，小熊马斯克瓦在一旁做伴。他一边吃，一边制订了接下来几天和几周的全新计划。他会让布鲁斯第二天就去追赶梅托辛，叫他们不要再去猎杀大灰熊了。他们将继续前往斯基纳河,甚至可能一直往斯基纳河上游走,到达育空地区附近。接下来,再向东行进,在九月初进入北美驯鹿的生活区域;然后,再折返回来,进入落基山草原地带的市镇。他计划带上马斯克瓦,回到人类生活的乡村和城市去,他和马斯克瓦会成为好朋友。兰登当时并没有考虑到,这对马斯克瓦将意味着什么。

两点钟了,兰登已进入了梦乡。他梦见了通向北方的小径,一条新开辟的、无人走过的小径。就在这时,一阵响声传来,扰乱了他的梦,也惊醒了他。开始有好几分钟,他都没有在意,因为那响声似乎只是山谷里嗡嗡作响的水流声。但是,随后的声音越来越响,持续不断,渐渐盖住了嗡嗡声。最后,兰登从树边躺着的地方站了起来,走出树林,以便可以听得更清楚些。

马斯克瓦紧跟着他走出树林,当兰登停下时,棕脸幼熊也不动了。他的小耳朵好奇地竖了起来,接着,他把头转向北面。声音就是从那个方向传来的。

又过了一会儿,兰登听出来了,但即便在当时,他还在想,他的耳朵一定出了什么问题。这怎么可能是猎犬的叫声呢?这个时间点,猎犬应该跟着布鲁斯和梅托辛朝南走得很远了;至少梅托辛肯定是往南边走了,而布鲁斯或许在折返途中朝营地赶来!不过,声音变得越来越清晰了,他终于明白不是自己听错了。猎犬正从山谷方向跑来,应该是发生了某些状况,让布鲁斯和梅托辛临时改变了计划,没有朝南走,而是往北又回来了。猎犬们发出了尖厉而激烈的叫声,似乎是又在追赶令他们兴奋不已的新猎物了。突然间,兰登猛地打了一个寒战,意识到在山谷中,布鲁

第十七章　意外的宽恕

斯只会放任猎犬追捕一个活物,那就是大灰熊!

兰登又在原地站了一会儿,仔细地倾听着。然后,他急忙奔回宿营地,把马斯克瓦拴在树上;带上另外一支步枪,骑马出发了。五分钟后,他向着刚刚托尔放他生还的山上,策马飞驰而去。

第十八章 感恩的心

在距离猎犬一英里外的地方，托尔就已经听到了他们的叫声。而此时，与几天前相比，有两个原因导致托尔不想试图摆脱他们。第一个原因是：若光是猎犬的话，托尔一点也不害怕。在他眼里，猎犬就好像一大群獾，或是数只在岩石上冲他尖叫的土拨鼠。托尔发现猎犬都是一副龇牙咧嘴的凶相，其实很容易就能击败并杀死他们。可是，正是紧紧跟在猎犬后面的东西使他惴惴不安。然而，今天，托尔站住了，不想继续行走了。刚才，他同那个把古怪气味带到山谷里来的人，面对面地一起站着；而那个人并没有主动伤害他，他也没有把那个人杀死。所以，人类也不再让他惴惴不安了。此外，另一个原因就是：托尔又在寻找母熊伊斯克娃。看来，人类并不是唯一的为了爱宁愿冒着生命危险的物种啊。

还记得那一天，猎犬追逐托尔爬上了山。傍晚时分，当托尔杀死了最后一条猎犬，做了布鲁斯认定他会做的事情，托尔没有继续向南走，而是兜起了圈子，绕着向北边而去。交战后，托尔

第十八章 感恩的心

和马斯克瓦走散了。第三天晚上,他又与母熊伊斯克娃相遇了,也就在那一天的黄昏,皮波纳斯库斯被布鲁斯打死了。当时,托尔曾听到枪支发出尖锐的噼啪声。整个晚上,还有第二天,以及随后的这一夜,他都待在伊斯克娃的身边,然后又一次与她分别。就在他第三次寻找伊斯克娃时,他发现了兰登,并把他困在岩脊上。当托尔再一次听到跟踪他的猎犬的叫声时,他还没有找到伊斯克娃。

这次,托尔向南边走去,这使他离猎人的营地越来越近。他一直选择在地势较高的山坡上行走,一路上,几乎没有洼地和草丛,这便于他搜寻;但无数的页岩、深沟和凸起的岩石让山坡上的行走十分艰难。此外,托尔也一直迎着风走,这样,只要他靠近伊斯克娃,就不会闻不到她的气味。但是,这样一来,他听到了猎犬的吠叫声,却没有闻到前来追赶他的马匹的气味,也没有闻到骑在马上,跟在猎犬身后的那两个人的气味。

要是在其他时候,托尔就会玩他最擅长的兜圈子的把戏,故意绕路迂回而行。像那样的话,托尔就可以利用风向,帮助他预判危险。可是,现在托尔渴望找到他的伴侣伊斯克娃,谨慎行事倒成为次要的了。当猎犬走到距离他不到半英里远的地方时,托尔突然停了下来,对着空气嗅了好一会儿,然后加快速度向前奔去。直到一条又窄又深的峡谷拦住了他的去路,托尔才又停了下来。

伊斯克娃此时出现在山下的一处低洼处。她正顺着斜坡往那条峡谷跑去。一群猎犬紧随其后,猎犬的叫声非常激烈而响亮。托尔一看,连忙朝斜坡冲下来,及时地赶到了伊斯克娃的面前。

熊王托尔

伊斯克娃正往上奔跑,她停立了一下,闻了闻托尔的鼻子,然后继续往上跑,她的耳朵闷闷不乐地耷拉着,喉咙里发出威胁的咆哮声。

托尔也朝着穷追不舍的猎犬大吼了一声,然后跟着伊斯克娃往山上跑去。他知道他的伴侣正在被猎犬追杀,也正在全力地逃离中。当托尔跟着伊斯克娃爬上更高的山峰时,那种致命的、缓慢增长的愤怒再次席卷了他。

在这样的时刻,托尔就会变得特别暴躁。一周前,猎犬追逐他时,他只是一个勇士,出于本能进行反击,保护自身安全;但现在,当危险威胁到他的配偶时,托尔就变成了一个恶魔,狂躁、凶残。

托尔跟在伊斯克娃的身后,但一步一步地已拉开了很远的距离。有两次,他转过身去,向后面追来的猎犬张开血盆大嘴,嘴里的尖牙利齿闪闪发亮。他愤怒地吼叫着,吼声如低沉的滚滚响雷,震荡到猎犬的耳中。

当托尔从深谷里爬出来时,他正好跑到了山顶阴暗处。伊斯克娃此时正在向天际线的方向攀爬而去。她沿途所经之处,砂岩峭壁上的碎石纷纷滚落下来,遍地是一处处崩塌的滑坡和一堆堆零碎的乱石。天际线就在托尔的上方,距离他不到三百码,伊斯克娃已隐没在岩石中,消失了身影。托尔抬起头来,决定在这里应战。

一会儿,那些猎犬离托尔越走越近。他们大声咆哮着,正在缩短着最后一段距离,托尔转过身来,面对着他们。

从此处往南半英里处,兰登透过望远镜看到了托尔。几乎就

第十八章 感恩的心

在这同一瞬间,猎犬们也出现在山谷边。此时,兰登骑马已到了半山腰,他下马后爬到了较高的一处位置,沿着一条平坦的羊肠小道一直往前走。这条小道与托尔所在的方位大致在相同的高度上。兰登站在那,用望远镜观察着各处的动静。从他站立的地方,从望远镜中看出去,山谷四周数英里的地方都清晰可见。兰登很快就发现了布鲁斯和印第安人梅托辛。他们在深谷边就下了马,迅速地跑进了深谷里,消失在镜头下。

兰登再次把望远镜对准了托尔。现在,猎犬们已经围住了他。兰登知道,灰熊在那片宽阔的空地上,根本没有杀死猎犬的机会。随后,兰登注意到高处的岩石堆间传出了动静,当他看到伊斯克娃正稳步地向崎岖的山峰爬去时,他低声地叫了一下,他终于明白了第二只熊是母的。大灰熊——她的配偶——是为了她,才停下来准备战斗的。如果猎犬成功地把托尔拖上十到十五分钟,灰熊就没救了。那时,布鲁斯和梅托辛就会出现在深谷边,距离托尔不到一百码的地方!

兰登把他的双筒望远镜塞进箱子里,准备赶过去。他一开始就沿着羊肠小道奔跑。在最初的两百码里,他跑得很轻松。然后,羊肠小道就消失了,出现了许许多多单独分岔的小路。这些小路都分布在一片松脆而光滑的页岩上,他花了五分钟才前行了仅五十码。

随后的路面又变硬了。他气喘吁吁继续向前跑,又过了五分钟,山脊挡住了兰登的视线,他根本看不到托尔和那些猎犬。当他越过山脊,沿着山脊的另一侧又跑了五十码时,他突然停了下来。一条陡峭的峡谷阻碍了他前行的路。这时,他离托尔被围困的地方还有五百码远。托尔这会儿正背对着岩石，巨大的脑袋面对着猎犬们，双方正在对峙中。

兰登一边观看，一边尽力深呼吸，他想大声喊叫，同时他希望能看到布鲁斯和梅托辛出现在深谷里。突然间，他又意识到，即使他们能听见他的喊叫，恐怕也不可能明白他的意思。布鲁斯肯定猜不出他是想放过这头野兽，他们可是追他追了将近两周啊。

就在这时，托尔猛地扑向猎犬，把他们往深谷方向逼退了有二十码远。兰登迅速跳到了一块岩石后面。现在只有一个办法可以救托尔了，如果为时不晚的话。猎犬已经向山坡后退了几码，与托尔拉开了一段距离。于是，兰登用枪瞄准了猎犬群，他的脑子里只有一个念头：要么让他的猎犬死，要么让托尔死。此时，他别无选择了。毕竟，今天，托尔放过了他，给了他一条命呀！

兰登不再犹豫，他扣动了扳机。这是一次远程射击，第一颗子弹打在了离艾尔谷梗五十英尺的地方，扬起了一团尘土。他又开了第二枪，还是没打中。第三次，枪嚓啪一声又响起时，立刻传来了一阵刺耳的痛苦尖叫声。不过，兰登自己没有听到，其中一条猎犬被击中了，在地上翻滚，滚下了斜坡。

光是枪声并没有惊动托尔，但当他看到其中一个敌人瘫倒在地，滚下山时，他便慢慢地转过身，向岩石堆旁的安全地带跑去。接着，第四枪和第五枪响起来了，就在第五枪响的时候，吠叫着的猎犬便朝着深谷的方向撤退而去，其中一只猎犬的前腿被打中了，一瘸一拐地跑着。

兰登跳到了支撑起步枪的大圆石上面，抬头看了看天际线。伊斯克娃刚刚爬到了山顶。她停立了一会儿，低头朝下望了几眼，

第十八章 感恩的心

很快就又消失了。

此时,托尔的身影隐没在了巨石和破碎的砂岩堆中,他正追随着伊斯克娃的踪迹。就在大灰熊消失后不到两分钟,布鲁斯和梅托辛便爬上了深谷,抵达了托尔刚才所在的位置。从他俩现在站立的地方到天际线的距离,托尔仍在这个射程范围之内。兰登立刻大声地冲他们喊叫,一边挥舞着手臂,并把手指向下方。

猎犬们又再次聚集在托尔离去的岩石边大声吼叫。尽管这样,布鲁斯和梅托辛还是中了兰登的诡计。他们相信,兰登站立的位置,可以更清楚地看到灰熊的行踪。兰登的手往下指着,说明灰熊肯定是往山谷方向跑去了。于是,他们又沿着斜坡往下跑了一百码,然后停下来,回头看兰登,想知道进一步的行动方向。兰登站在岩石上,举起手指,往上指向了天际线。

就在这时,托尔刚好抵达天际线处。他此刻也像伊斯克娃那样停了下来,他站了一会儿,最后看了兰登一眼。

兰登也最后看了托尔一眼,他挥舞着帽子,高声地喊道:"祝你好运,老兄——祝你好运!"

第十九章　野性的召唤

那天晚上，兰登和布鲁斯忙着制订新计划，而梅托辛则坐在一旁，沉默不语地抽着烟，时不时地还抬头看一眼兰登，仿佛他还无法相信下午发生的事情。此后多年，在许多个夜晚，坐在明亮的月光下，梅托辛从不忘记告诉自己的孩子们、孙子们和部落的朋友们，发生过这样一件匪夷所思的事情。他曾经和一个白人一起打猎，这个白人为了救一只灰熊，竟然射杀了自己的猎犬。在他看来，兰登已不再是原来的兰登了。梅托辛知道，在这次狩猎之后，他再也不会和兰登一起合作狩猎了。因为兰登变了，他的脑子出了点毛病。伟大的神灵夺走了他的心，把这颗心交给了一只灰熊。梅托辛抽着烟斗，小心翼翼地看着兰登。他看到布鲁斯和兰登正在用牛皮袋做一个篓子，这种怀疑便得到了证实。他意识到幼熊将陪伴他们进行长途旅行了，他的心里对此确信无疑。兰登变得古怪了，而且对于一个印第安人来说，这种古怪的行为对人可没什么好处。

第十九章　野性的召唤

第二天早上日出时，行囊已经准备好了。他们要长途跋涉进入北方地带。布鲁斯和兰登一同领先走上了斜坡，越过分水岭，到了他们第一次遇到托尔的山谷。他们身后跟着一支奇特的队伍，缓缓地依次前行，梅托辛骑马走在队伍最后面，马斯克瓦装在他身后的牛皮篓里。

兰登很满意，也很高兴。

"这是我这辈子最棒的一次狩猎。"他对布鲁斯说，"我们让灰熊活了下来，我永远都不会后悔。"

"你是好心肠啊。"布鲁斯没好气且相当不敬地说，"要是我的话，他此刻的藏身点就在迪什西背上的行李里。这一路上几乎所有的游客都会以一百美元的价格抢着买他的。"

"他活着对我来说价值好几千呢。"兰登反驳道。说完，他骑到队伍后面，想看看装在牛皮篓里的马斯克瓦的状况。

这只幼熊在他的牛皮篓里颠来颠去，像个生手第一次坐在大象背上那样。兰登若有所思地看了他一会儿，又去赶上了布鲁斯。

在接下来的两三个小时里，兰登看了马斯克瓦六次，每次回到布鲁斯身边，他都会越来越安静，好像在和自己争辩着什么。

九点钟，他们来到了属于托尔领地的这片山谷的尽头。山谷前矗立着一座山，沿途经过的这条小溪流突然向西转向，进入了一个很窄的峡谷。东面是一个绵延起伏的绿色斜坡，在那里马匹可以很轻松地爬上去。这条路线将进入一个新的山谷，朝着德里福特伍德的方向延伸。布鲁斯决定走这条路。

他们在山坡上走到一半时，便让队伍停了下来，让马儿们歇息一会。马斯克瓦在他的牛皮篓里，呜咽地叫着，好像在哀求着什么。兰登听到了他的声音，但他没有理会。他凝视着身后的山谷，清晨的阳光灿烂，他能看到山峰下面托尔钓鱼的那条凉爽、黑暗的湖泊；长达几英里的山坡就像一块绿色的天鹅绒。在托尔的领地上，低沉的嗡嗡声最后一次传到了兰登的耳朵里，以一种奇特的方式打动了他。兰登觉得这奇妙的声音仿佛是一首赞美诗，或一曲颂歌，是大自然在欢送他们离去。赞颂他们在离开之际，把万物都保持在他们来之前的样子。然而，兰登怀疑：他真的让万物保持原样了吗？难道他的耳朵没有在山间的音乐声中捕捉到什么悲伤、哀愁和忧怨的祈祷吗？

这时，在他身边的马斯克瓦又低声地呜咽起来。

兰登转向了布鲁斯。

"就这么定了。"他说，他的语气里具有不容商议的决心，"我整个上午都在认真思考这个问题，现在，我终于想通了，我决定：等马儿休息好了上路后，你和梅托辛就继续往前走。我要骑马返回去一英里左右，把小熊放回去，让他找到回家的路！"

他没有等待布鲁斯的争辩或反驳，便抱起马斯克瓦，往南骑去。事实上，布鲁斯也没有发表任何意见。

兰登沿着山谷向上骑行了一英里，来到一片宽敞开阔的草地，草地上成片的云杉和柳树点缀其中，花香扑鼻。在这里，他下了马，和马斯克瓦一起在草地上坐了十分钟。他从口袋里掏出一个小纸袋，把最后一粒糖喂给了小熊。当马斯克瓦柔软的小鼻子凑近他的手掌时，他的喉咙哽咽了。最后，他终于站了起来，跳上马鞍，他的眼睛里蒙上了一层雾气。他想笑，可笑不出来。也许是他意志薄弱吧；但他爱马斯克瓦，他知道，他要离开山谷里这

第十九章　野性的召唤

个胜过人类的朋友了。

"再见，老家伙。"他说，他的声音哽咽了。"再见，'喷火器'，小不点！有一天我会回来看你的，你会长大，成为一只又高大又威猛的熊——但我不会开枪——永远——永远不会开枪的。"

兰登骑着马，飞快地向北赶去。跑到三百码之外，他转过身，回头看到马斯克瓦跟在身后奔跑，但很快就追不上了。兰登挥了挥手。

"再见！"他哽咽着喊道，"再见！"

半个小时后，兰登来到了山顶上。他透过望远镜从坡顶往下看。他看到了马斯克瓦，一个小黑点。幼熊停了下来，满怀信心地在原地等着兰登回来。

兰登试图再次开怀大笑，却笑不出来，他骑着马越过了分水岭，离开了马斯克瓦的世界。

第二十章　四季的轮回

马斯克瓦跟在兰登身后，追出了半英里路。他一开始是跑；后来就变成了走；最后，他彻底没力气了，就停了下来，像狗一样坐着，面对着远处的斜坡。如果兰登是步行，走着离开的，马斯克瓦不累到筋疲力尽是不会停下追逐的小步伐的。虽然，这只幼熊一点也不喜欢那个装他的牛皮篓子。这一路上他吃劲了苦头，被颠簸得很厉害。甚至有两次，驮着他的马不停地抖动身子，这些抖动对马斯克瓦来说无异于地震。现在，他知道牛皮篓子和兰登都跑到他前面去了。他坐了一会儿，伤心地呜咽起来，但也没有再往前追赶了。因为，他确信他渐渐喜欢上的这位朋友，不久就会回头来寻找他。他每次都回来找他，从未让他失望过。于是，马斯克瓦开始四处寻找他爱吃的春美草或狗牙堇。有一段时间，他小心谨慎地尽量不让自己离兰登刚走过的那条路太远。

那一天，小熊就一直待在山坡下的这片草地上，草地上鲜花盛开，阳光温暖，他发现不止一处有他喜欢的根茎类植物。他挖出不少根茎，填饱了肚子。下午还打了个盹；不过，当太阳开始下山，山上浓重的阴影笼罩着山谷时，他才开始感到害怕起来。

事实上，马斯克瓦还是只很小的幼崽，他母亲离开的那个夜晚，他就独自在担惊受怕中度过。不过，很快托尔取代了母亲；接着，兰登又取代了托尔，所以直到现在，他还没有再次感受过黑夜的孤独和空虚。可是，此刻，他只好爬到小路附近的一处灌木丛中，继续等待。他充满期待地听着，嗅着。天上的星星闪耀着光芒，但今晚它们的诱惑力不够强，无法吸引马斯克瓦的注意。直到天亮，他才小心翼翼地从灌木丛里爬了出来。

明亮温暖的阳光再次给了马斯克瓦勇气和信心，他开始在山谷中漫无目的地四处走动。马蹄踏过的地方，气味已越来越淡，直到最后完全消失了。那天，马斯克瓦吃了一些青草和几根狗牙堇。第二天夜晚，他来到了猎人和马匹曾走过的斜坡。此时，他又累又饿，还迷路了。

晚上，他睡在一根空心的圆木里面。第三天，他继续四处闲逛。接下来的许多白天和夜晚，他都孤独地行走在大山谷里。他走过托尔和他曾经遇见过老熊的池塘，在鱼骨堆里饥饿地嗅着觅食；他朝着又黑又深的湖边走去；他又看到影子似的东西在森林的黑暗处飘荡；他路过海狸水坝，在附近睡了两个晚上。在那里，他曾观看托尔把捞到的第一条鱼扔出水面。他现在几乎快要忘了兰登了，也越来越思念托尔和自己的母亲。马斯克瓦需要他们。他需要托尔和母亲的陪伴，这种需求比对人类的信任更强烈。因为，马斯克瓦的野性渐渐回归了，他正迅速地成长为荒野动物。

The Grizzly King
熊王托尔

到八月初的时候，小熊马斯克瓦来到了山谷的断裂处，爬上了托尔第一次听到枪声、第一次受伤的那个斜坡。在这两个星期里，马斯克瓦长得很快，尽管他经常饿着肚子睡觉，但他不再害怕黑暗了。他穿过又深又黑的峡谷，由于只有一条道路可走，马斯克瓦终于沿着这条路，来到了托尔曾走过的断裂带的顶峰，这个地方，兰登和布鲁斯也曾紧追不舍地跟在托尔后面来过。

当然，马斯克瓦对此一无所知。他一路上的所见所闻与那些熟悉的事情都毫无关联。这是一个美丽的山谷，阳光也十分充足。马斯克瓦没有急于离开。在这个山谷里，他发现了成片的春美草和狗牙堇。有一天，他差点被一只土拨鼠绊倒了，这是一只比红松鼠还小的土拨鼠。倒霉的小东西还没来得及逃走就被马斯克瓦扑倒了。马斯克瓦吃了一顿丰盛的大餐，这是他第一次自己抓捕猎物，也算是他猎手生涯的开端吧。

马斯克瓦走了整整一个星期才从小溪的底部经过。小溪靠近斜坡的下方，他的妈妈就是在斜坡的岩石边丧命的。如果他沿着坡顶走一程的话，就会看到妈妈的骨头，这些骨头上的肉已被野外动物啄食得干干净净了。又这样过了一周，马斯克瓦来到了托尔杀死公驯鹿和大黑熊的小草地。

这时，马斯克瓦知道，他到家了！

一连两天，马斯克瓦都在曾经享受美食和目睹搏斗的现场附近四处走动，但不会超过此地两百码远，他日夜密切注视着托尔的身影。有时候，他不得不去更远的地方寻找食物。可每天下午，当山峦开始投下长长的阴影，预示着太阳就要落山的时候，他就会回到那片树林旁，那是托尔储存食物的地方，也是与黑熊厮杀

第二十章 四季的轮回

的地方。

一天,马斯克瓦比往常走得更远了,他去寻找根茎类食物。在离家只有半英里远的地方,当时,他正在一块石头边埋头嗅着。突然,一个巨大的阴影笼罩在他身上。马斯克瓦抬起头来,整整有半分钟,他目瞪口呆地站着,心怦怦直跳,这可是他有生以来从未有过的感受啊。托尔正站在离他不到五英尺的地方!大灰熊和他一样,一动不动、目不转睛地盯着他。随后,马斯克瓦如小狗般欢呼雀跃了起来,向前朝托尔奔去。托尔低下了他硕大的脑袋,足足有半分钟,他们又站在一起,一动不动;托尔的鼻子埋到马斯克瓦背上的毛发里。在这之后,托尔带着小熊爬上了山坡,好像那只幼崽从未跟丢过一样,马斯克瓦开心地跟在托尔身后。

接下来的日子,是他们的美妙时光。他俩高高兴兴地旅行,吃着美味的大餐。托尔带着马斯克瓦游历了山谷里的许多新地方。他俩还去捕鱼,又抓到了一只驯鹿。马斯克瓦变得越来越壮,体重也越来越重了。到了九月中旬,他长得如同一只大型犬那般壮硕了。

接着,浆果成熟的日子到了。托尔知道它们都生长在山谷深处的哪些地方——最先成熟的,是野生的红色覆盆子,然后是肥皂浆果;接下来是生长在凉爽的森林深处的美味黑醋栗,和樱桃一般大小,跟兰登喂给马斯克瓦吃的糖一样甜。马斯克瓦最喜欢黑醋栗。它们生长浓密、簇拥成群,还没有叶子,他可以在五分钟内采到并吃掉一夸脱。

终于到了没有浆果的月份。这是在十月。夜晚已变得很冷了,总是一整天、一整天的没有太阳,天空乌云密布。山顶上的

The Grizzly King
熊王托尔

雪越积越厚,在天际线附近从未融化过。山谷里也下起了雪,起初,雪薄薄一层,刚好够铺成一块白色的地毯,马斯克瓦的脚冻得冰凉,但这点雪很快就融化了。刺骨的寒风开始从北方吹来,夏天山谷里嗡嗡作响的音乐已经被夜晚刺耳的风鸣声和尖叫声所取代,树木也发出了萧瑟的悲鸣。

在马斯克瓦眼中,整个世界似乎都在变化中。他不明白,在这些寒冷黑暗的日子里,托尔本可以在谷底找到避寒之处的,但他为什么就坚持待在狂风呼啸的山坡上呢?如果托尔向他解释的话,他就会告诉马斯克瓦,冬天就要来了,这些山坡是他们最后的觅食之地了。山谷里的浆果不见了,光是草根已经不能为他们的身体提供足够的营养;他们再也不能浪费时间去寻找蚂蚁和蛆虫了;鱼已进入了深水区。这时的驯鹿就如狐狸一样嗅觉敏锐,奔跑起来,像风一样快。此时,只有在山坡上,他们才能有把握捕捉到土拨鼠和囊地鼠,这些都是饥荒时期的食物。托尔刨地挖掘,寻找着这些食物,马斯克瓦则在一旁,尽其所能地帮忙。有好几次,为了找到一窝冬眠的土拨鼠,他们翻出的泥土都能装满好几马车了。有时候,他们刨了几个小时,才能抓到三四只体型跟红松鼠差不多大小的囊地鼠[①]。好在,囊地鼠跟红松鼠一样鲜嫩,味道不错!

就这样,忙忙碌碌中,他们度过了十月的最后几天,进入了十一月。这时候,寒风和暴雪开始袭来,来自北方的大雪异常猛烈,池塘和湖泊开始结冰了。托尔仍然在山坡上四处闲逛,马斯克瓦在夜里冻得直哆嗦,他在想,太阳为什么不再升起了呢?

---

① 一种挖洞啮齿的动物,身体和头部与老鼠相似。

第二十章 四季的轮回

一天，大约是十一月中旬。托尔正在刨土挖一窝土拨鼠。他突然就停了下来，径直走下斜坡，进入山谷中。他直接头也不回地向南走去。他们出发的时候，距离黏土泥塘所在的峡谷有十英里远的路程，但大灰熊走得飞快。于是，他们在当天下午天黑之前抵达了那里。

之后，一连两天，托尔都毫无目的地四处乱转。峡谷里没有东西可吃，他在岩石间来回走动，不时地听听声音，闻闻气味，他的举动让马斯克瓦很是困惑。第二天下午，托尔在一片松树林里停了下来，松林下堆积着落下的针叶。他开始吃起这些针叶来。在马斯克瓦看来，这些针叶并不好吃，但尽管这样，幼熊还是下意识地认为应该仿效托尔；于是，他舔了舔针叶并吞下了它们，他完全不知道，这是大自然为他们漫长的冬眠准备的最后食物。

下午四点钟的时候，他们来到了托尔出生的深洞。在洞口，托尔又停了下来，他上上下下地嗅着风，似乎在等待着什么。

天渐渐黑了，呼啸的暴风雪笼罩着峡谷。此时，刺骨的寒风从山峰上刮下来，天空漆黑一片，大雪纷纷。

灰熊站了一分钟左右，他把头和肩膀都伸进洞穴口。接着，他走进了洞穴，马斯克瓦也紧随其后。洞穴很深，也很黑，他们一直往里走，越到里面越暖和，风的呼啸声也逐渐减弱，最后，只剩下一片轻声低语。

托尔花了半个小时才把自己安顿好，准备冬眠沉睡。马斯克瓦紧紧地蜷缩依偎在他身边。这只幼崽觉得非常温暖、非常舒适。

当天晚上，暴风雪肆虐。浓雾在云层中沿着峡谷上升，在更厚的云层中穿过峡谷的顶部再向下飘落，整个世界都被大雪深深地掩埋了。当早晨来临时，这里看不到洞穴门，岩石不见了，黑色、紫色的树木和灌木丛也无影无踪了。一切都披上了银装，山谷里不再有嗡嗡的响声，万物静籁无声。

在洞穴的深处，马斯克瓦不安地蠕动着。托尔深深地叹了一口长气。然后，他们陷入了漫长又香甜的冬眠沉睡中。也许，曾经发生的一切，都只是他们的一场梦呢！